U0923549

[日] 堀辰雄 著 王新禧 译

起风了·菜穗子

江苏凤凰文艺出版社
JIANGSU PHOENIX LITERATURE AND ART PUBLISHING

图书在版编目（CIP）数据

起风了·菜穗子 /（日）堀辰雄著；王新禧译．--南京：江苏凤凰文艺出版社，2020.7（2021.3 重印）
ISBN 978-7-5594-4942-9

Ⅰ．①起… Ⅱ．①堀… ②王… Ⅲ．①中篇小说－小说集－日本－现代 Ⅳ．① I313.45

中国版本图书馆 CIP 数据核字 (2020) 第 097473 号

中文译稿版权所有，非经书面同意不得任意翻印、转载或以任何形式重制。

起风了·菜穗子

【日】堀辰雄　著　王新禧　译

责任编辑　刘洲原
策　　划　田鑫鑫
责任印制　刘巍
出版发行　江苏凤凰文艺出版社
　　　　　南京市中央路 165 号，邮编：210009
网　　址　http://www.jswenyi.com
印　　刷　北京金特印刷有限责任公司
开　　本　880 毫米 ×1230 毫米 1/32
印　　张　7
字　　数　100 千字
版　　次　2020 年 7 月第 1 版
印　　次　2021 年 3 月第 3 次印刷
书　　号　ISBN 978-7-5594-4942-9
定　　价　45.00 元

江苏凤凰文艺版图书凡印刷、装订错误，可向出版社调换，联系电话 025-83280257

起風了

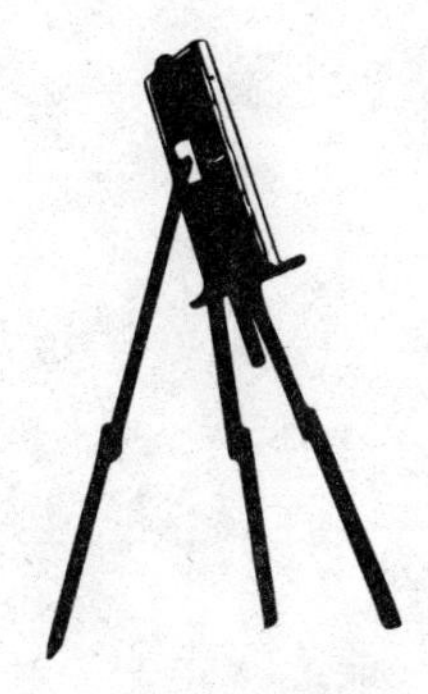

起风了　努力活下去

風立ちぬ、いざ生きめやも

Le vent se lève，il faut tenter de vivre.

—— Paul Valéry

序　曲

那些夏日，当你凝神地站在长满芒草的草原上绘画时，旁边一棵白桦的树荫下，总会落下我的身影。日暮时分，当你完成工作后，来到我身旁，我们彼此搭肩依偎，遥望远方。远处，大团的积雨云晕染成红色，已覆盖了地平线。即将陷入苍茫暮色的地平线上，似乎有什么事物要诞生了。

那些日子中的某个午后（时将入秋），我们将你未完成的画作立在画架上，躺在那棵白桦的树荫下品尝着水果。云朵细碎如沙，流布于天空。这时，吹起了一阵不知由何处吹来的风。透过我们头上的树叶缝隙间所瞥见的蓝色天空，时展时缩。大概是同时，自草丛里传来什么东西突然倒下的声音，那响动似乎是我们随意立在那边的画作同画架一起倒下了。你立刻便要起身去看，我却仿佛害怕在这一瞬间会失去一切似的，强行拉住了你，不愿你离开。你顺从了我的拽止。

“起风了，努力活下去。”[①]

这诗句忽然从我口中脱口而出，我一面将手搭上你紧紧依靠我身的肩膀，一面在口中反复吟诵着。不多时，你挣脱开我，起身走了过去。油彩尚未干透的画布上，此刻粘满了草叶。你再次将画作立于画架上，吃力地用调色刀刮除着草叶。

“啊！如果令尊瞧见咱们这样子……”

你扭头望向我，微笑中带着些许暧昧。

“再有二三日，父亲便要来了。”某天清晨，当我们在森林中散步时，你忽然这么说道。我略感不快，沉默着。

于是你望着我，用稍显沙哑的声音，再度开口说：“到时候，就很难像现在这样一起散步了。”

“散步而已，想来没什么问题。”我的不快依然存在，尽管

① 日文原文为“風立ちぬ、いざ生きめやも”，即卷首的那句法文，是全书主旨所在，源出法国诗人保罗·瓦莱里的《海滨墓园》。

已察觉到你射来担忧的目光，但我仍装出对头上树梢发出的沙沙轻响更关注的模样。

“父亲无论如何都不会让我离开他。”

终于，我用可说是焦躁的眼神，回头看着你。

“那样的话，就是要我们分手吗？”

“实在别无他法了。”你说着这些话，仿佛真的已死心，挤出勉强的微笑。啊，那个时候你的脸色，还有嘴唇的颜色，都显得那样的苍白！

“为何会变成这样？明明看上去是将一切都交由我做主了呀……”我以苦思不解的神情，跟在你身后。山道狭窄，满是裸露的树根，行走甚为艰难。那儿的树丛茂密幽深，空气冷冽寒峭，小沼泽处处都是。突然，我的脑海中闪过一个念头：你对于今夏才偶然邂逅的我，尚且如此顺从，那么对于你的父亲，以及一贯支配你的所有人，岂不是会更加毫无保留地百依百顺吗？

“节子！如果你真是这样的女孩，我会愈发地喜欢你。等我对生活有了更清晰的认识，不管怎样都要娶你。在此之前，你保持现状留在父亲身边更好……”这些话我只默默地对自己说，猛地将你的手握住，却又想听你的回答。你任凭我握着你的手，我们就这样紧握着，在一个沼泽前停下脚步，默默无语地用难以言说的沮黯心情，凝视着阳光竭力钻过矮灌木数不清的枝叶交错的间隙，稀疏斑驳地照到我们脚下小沼泽底部的蕨类植物上。从树间散射出的点点光影，在若有若无的微风中摇曳着。

两三天后的某个黄昏，我在食堂，见到你陪着前来接你的父亲一道吃饭。你很不自然地背对着我。你几乎无意识地摆出这样的动作神态，大致是由于父亲在你身旁的缘故，使我觉得你就像个素昧平生的年轻小姑娘。

“即使我呼喊你的名字。”我低声对自己说，“你也不会朝我这边望上一眼吧！就好像呼喊你的人不是我一样。”

那天晚上，我一个人无聊地外出散步，回来后又在旅店无人的庭院中徘徊踱步。山百合弥漫出沁人心脾的芳香。我茫然地注视着旅店还亮着灯的两三个窗口。随后隐约起了薄雾。仿佛对雾有所惧怕，窗口的灯光次第熄灭了。当我认为旅店即将陷入完全的黑暗时，一声轻响，一扇窗缓缓打开。一位年轻姑娘好像穿着玫瑰色睡衣，凭倚在窗口边缘，探出身。那正是你。

在你们离去后，我的胸中日复一日地充满着类似悲哀的幸福感。这种感觉，今日依然能清晰地出现在我心中。

我终日把自己禁闭于旅店中，重拾起曾经因你而长久抛开的工作。连我自己也意想不到，我竟能安安静静地埋首于工作之中。不久后，季节完全更替，到了终于要启程的前一天，我走出旅店大门，开始了久未进行的散步。

秋天令林中所见的一切变得杂乱。叶片凋零的树木枝丫，一直伸展到无人居住的别墅阳台的前方。菌类潮湿的气息与落叶的气味混杂着。这样的季节更替实在出乎意料——与你别离后不知不觉地时光已过了这么久，让我产生了错愕的感觉。我心里的某处，确信同你的分离仅是暂时的。是否因为如此，才令这样的时间推移，对我来说具有了与过往全然不同的意义呢？……那样的事，在我不久后明白了其中的意义，之前，感觉到的都是不解和迷离。

十几分钟后，我踱到一个已是森林尽头的地方，视野豁然开阔。我眺望着宽广的远方地平线，一踏入芒草丛生的草原，接着在旁边一棵满是黄叶的白桦树荫下躺卧。此处就是那些夏日里我注视着你绘画，并像现在这样躺卧着的地方。彼时经常被积雨云遮没的地平线附近，现在则是逶迤不知何处止的遥远山脉，映衬在随风轻舞着雪白芒穗的芒草之上，显现着清晰可见的轮廓。

我目不转睛地凝视着远方山脉的身姿，将它们全部默记在脑海中。这时一份长期以来就在内心潜藏的、对大自然所赐予的眷顾的感悟，终于被我渐渐明确地意识到了……

春

已是三月。某日下午，我像往常那样闲情信步，而后装作顺道的样子拜访了节子家。刚一进门，就在门旁的花木丛中，见到节子的父亲戴着工人常戴的麦秆帽，一手拿着园艺剪，在修剪那片树木。见到这副打扮的他，我像孩童般拨开树枝，靠近他身旁。说了两三句寒暄话后，我就满脸好奇地望着他干活。——就这样全身心地融入花木丛中，便会发现此处彼处的小树枝上，都有白色的小东西在不时闪耀，似乎全是花蕾……

“最近她的气色好多了。”节子的父亲突然抬起头望向我，谈起近期刚同我订下婚约的节子的事。“等她精神再好些，就换个环境去疗养下，你看如何？”

“那也挺好。”我一面含糊其辞地应道，一面作出从刚才起就被眼前一朵闪闪发光的花蕾吸引并十分在意的样子。

“这段时间要先物色看看，瞧有什么合适的地方……”节子父亲对我此刻的样子毫不介意，继续说：“节子说她对 F 地区的疗养院没有任何了解，但你似乎认识那边的院长，是吗？”

“呃。”我一边心不在焉地敷衍着，一边挺费劲地将方才一直在注视的白色花蕾拽到手边。

“不过，那种地方，她独自前去没问题吧？”

“一直以来，所有人都是独自前去的。”

“可是，小女孤身一人大概不行吧？”

节子的父亲面露为难的神情，却也不瞧我一眼，猛地剪下他眼前的一段枝条。见此情景，我终于忍耐不住，将节子父亲希望我说的话脱口而出。

“如果这样的话，我一块儿去也行。目前的工作，恰好能在去之前完成……”

我一边说，一边将挺费劲才拽到手边的带着花蕾的树枝，轻轻放脱离手。同时，我瞧见节子父亲的脸色迅速变得明朗起来。

“果真如此，再好不过了。不过——对你就有点抱歉了。”

“没关系，对我来说，可能在山里工作反而更好。”

然后我们就疗养院所处的山岳地区的状况进行了探讨。但是，不知不觉地，我们的谈话中心落到了节子父亲正在修剪的花木上。此时，两人彼此间都感受到了互相同情的意味，因而连这样漫无边际的谈话，都充满了趣味。

“节子该起床了吧？”过了一会儿，我装作漫不经心地问。

“是啊，该起床了吧。请！就从那边走吧，不要紧的。”节子父亲用拿着园艺剪的手，指了指庭院的木栅门。我费力地穿过花木丛，推开因被葛藤缠绕而变得颇难开启的木栅门，直接从院子里走到最近被隔离的病房前。这栋病房先前一直作为画室使用。

节子似乎早已知晓我将到访，但对我从庭院里直接过来，却是始料不及的。她把一件颜色鲜艳的外褂披在睡衣外，横躺在长椅上，手中玩赏着一顶饰有细丝带的帽子，我从未见过这样的女士帽。

我隔着法式玻璃门慢慢走近，并望着那副模样的她。她大概也已看到了我，身体一动，似乎下意识地打算起身。但终究还是那样横躺着，面向我，含羞带笑地瞧着我。

“起来了吗？”我一边在门前略显慌乱地脱鞋，一边打招呼说。

“有打算起来看看，但立刻又累了。”

说着，节子抬起疲乏且无力的手，将那顶并无多大用处、只是随意地放在手边玩赏的帽子，随手扔向旁边的梳妆台。但帽子未落到应去的地方，而是掉在了地板上。我走过去，弯腰捡起了帽子，以几乎使自己的脸触到她足尖的姿势。这回轮到我像她刚才那样，在手里玩赏起这顶帽子。

接着我开口询问她："这种式样的帽子，拿来有什么用呢？"

"这顶帽子呀，虽然不知啥时有机会戴，但父亲昨天给买的……挺奇怪的父亲吧？"

"这，是令尊挑选的啊？真是位好父亲……戴上给我瞧瞧，如何？"我以半开玩笑的动作，要将帽子往她头上戴。

"讨厌，不要这样。"

节子很不耐烦似的说着，半支起身，仿佛要避开这顶帽子。然后又像是为了自己解释，露出柔弱的微笑。突然，她像是想起了什么，用明显变得消瘦的手，梳理起略显蓬松的乱发。那毫不做作，极其自然的手势，充满了年轻女子的韵致，宛如在爱抚我一般，让我感受到一种窒息的女性魅力，以致我不自觉地将视线从她身上移开。

片刻后，我将那顶一直在手中玩赏的帽子，轻轻搁到旁边的梳妆台上。然后目光依然在回避着她，若有所思地一言不发。

"你不高兴了？"她突然仰头望着我，似乎很担心地问道。

"没有。"我终于将视线投向她，却因为不知道该说什么，只好突兀地说道："方才令尊已说了，你真的想去疗养院吗？"

"是啊。一直这样想，也不清楚何时能好。如果能早日康复，去什么地方我都愿意。不过……"

"怎么了？不过什么？"

"没什么。"

“没关系的，说出来听听吧……要是不愿意说，那我替你说吧。你是希望我和你一起去，对吗？”

“没这回事。”她急切地打断我。

但是我不理会她，用与刚才完全不同，渐渐认真起来并显得不太放心的语气继续说下去。

“不，哪怕你说的是：‘你不来也行。’我也依然会随你一块儿前往的。可是，我虽有心如此，却又有些担忧……在我和你交往前，我就梦想过与一个就像你这样可爱的女孩，去到清寂的深山里，过二人世界的生活。这个梦想，我之前不是向你倾诉过吗？嗯，还记得吗？那番关于山中小屋的谈话，我还说那样的山间，不知能否住得习惯。当时你孩子气地笑着，事实上，我认为你这次打算去疗养院，正是由于那个梦想潜移默化地打动了你的心，难道不是吗？”

节子尽力地微笑，默默地聆听着。

“那些事，我早已不记得了。”她忽然态度决然地说。紧接着，又用像是安慰我的眼神凝视着我说：“你经常会冒出各种奇怪的念头呢。”

几分钟后，我俩就像什么事也不曾发生过一样，一起兴味盎然地望着法式玻璃门外已经葱绿的草坪。草坪上水汽蒸腾、春意正浓。

＊ ＊ ＊

四月已至，节子的病看上去正慢慢地进入恢复期。这难以忍耐的恢复越是缓慢，越是一步步地让人觉得踏实可靠。对我们而言，这更是一种无以言表的安心感。

某日午后，我去节子家拜访，恰逢她父亲外出，她独自在病房中。那天她气色颇佳，将平时常穿在身的睡衣，难得地换成了不多见的蓝色衬衫。我一见她如此穿着，无论如何都要拉她去庭院中。尽管微风吹拂，但这样的软风只会使人心情舒畅。她稍显不自信地微微一笑，终于拗不过我。随后她将手搭在我肩上，小心翼翼地迈步走出法式玻璃门，怯生生地走到草坪上。我们沿着灌木篱笆而行，进入到混杂着各种各样外国品种的花丛中，枝叶交缠，令人难以分辨哪一枝属于哪一植物的花丛中。在繁茂的丛枝上，处处可见或白或黄或淡或紫的小花蕾即将绽放。我们在茂盛花丛的某处停步，忽地忆起去年秋天时，她教我辨别花卉的事。

“这是紫丁香吗？”我扭头，半是询问地说。

“那也许不是紫丁香。”她的手轻搭我肩，略显遗憾地说。

“哼，那么，到目前为止，你都是在说谎喽？”

“我可没说谎，送这花的人就这么说的，不过嘛，也不算什么好花。”

“好呀，现在就要开花了，才把这事坦白！难道它也是……”我手指旁边的树丛，“那花叫什么？”

“金雀儿。”她接过话。于是我们移步到那片花丛前，“这确实是金雀儿哦。你瞧，黄色的、白色的，有两种花蕾呢。这边的白色花蕾，听说十分稀有，是我父亲的骄傲哟。”

在谈论着这些无关紧要的话题的这段时间里，节子的手一直不曾离开我的肩膀。与其说她疲倦了，不如说是有些陶醉地依偎着我。之后我们就这样彼此沉默着，良久良久。似乎如此一来，便能让这像花开芬芳的人生，稍稍地多驻留一阵。有时微风就像被压抑的呼吸般，轻柔地从对面灌木篱笆的缝隙间挤过，从我们面前的茂盛花丛掠过，而后，微风又将树叶轻微地吹起，而后又吹过去，只留下那样的我们伫立在原地。

突然，她将脸埋入原先搭在我肩上的手中。我察觉到她心脏的跳动，比往常强烈得多。

“累了吗？”我温柔地问。

“不。”她小声地回答。可是我感觉到了她压在我肩膀上越来越加重的力量。

“我身体这么虚弱，真是非常抱歉。”她嗫嚅着，与其说被我听到，不如说是被我感觉到。

“虽然你如此柔弱，却因此我更加怜爱你。你怎么就不明白呢。”我心中着急地喊着，表面上却刻意装作充耳不闻的模样，身体纹丝不动。她突然从我身上仰起头，手缓缓地离开我肩。

“为什么？我此刻还显得如此怯弱？最近这段日子，无论病情多重，我都不觉得有多可怕呀。”节子语调低沉，似在喃喃自语一般。接下来的沉默，加深了使人担忧的程度。猛地，她高昂起头，目不转睛地直视着我，而后又重新低下头，用稍稍提高了的中音对我说：“我，不知何故突然又想活下去了……”

随后，她用似有若无的细小音量，补充道：“托你的福。”

* * *

那是两年前我们第一次相遇的夏天，我不经意间脱口而出，此后时不时总喜欢低吟的诗句：“起风了，努力活下去。”

曾经忘怀的日子，在这诗句中骤然苏醒。——那些人生中深刻的、忧烦的、愉快的日子，比之人生本身更生动。

我们着手准备月底去八岳山麓疗养院的事。我把握住那位交情并不算深的疗养院院长偶然到东京的机会，请他在节子出发前做一次病情诊查。

某日，好不容易才请动院长大驾来到节子在郊外的家。进行完初次诊查后，院长留下一句“不要紧，嗯，来山里住上一两年吧。”说完就急忙要赶回去。我一路送他到车站，希望他能把节子最准确的病情独自告知我。

“可是，这样的事，不必对病人说。我打算在近期和她父亲具体谈谈。”院长说了这些开场白后，而后稍显难过，极其细致地将节子的病情对我作了说明。接着盯住默不作声倾听的我，“你的脸色看起来也不好啊，我顺便帮你检查一下身体，如何？”他颇为怜悯地说。

当我从车站回来，再次进到病房时，节子的父亲正躺在病人身旁，两人商量着何时出发去疗养院的日期。我愁眉不展，也加入了商讨。“不过……”节子的父亲似乎想起些什么事，站起身，将信将疑地说：“既然已经康复到这地步了，那么只要去待上一个夏天，大概就会好起来吧？”说完这句话后，他就离开了病房。

就剩下我们两人独处了，我们却不约而同地突然沉默了。那是一个切切实实的春天的傍晚。我从刚才开始就觉得头痛难言，现在痛感越来越强烈了。我不想让她察觉到，于是不动声色地站起身，走近玻璃门，半开其中一扇门，倚靠在门上。接下来的一段时间，我就保持着这样的姿势恍惚出神，迷茫的目光望向对面薄雾轻笼的花丛中，心想：“好香的气味啊，是什么花的香气呢？”

“你在干什么呢？”

我的背后，响起节子稍显嘶哑的声音。这声音出其不意地令我从麻痹的状态中回过神来。我仍然背对着她，像是还在思考别的事情一样，用不太自然的腔调，一句一顿地说：“在考虑你的事——山里的事。还有嘛，在考虑我们在那边怎么生活。”

断续地说着这些话时，我发现自己刚才确实在考虑这些事。是的，从此以后，这些事我都必须认真考虑了。“一旦去到那边，真的会有很多事情发生吧。但是，所谓人生，就如同长期以来所经历的那样，让一切顺其自然就好……要是这么办的话，或许我们未曾渴盼祈求的事物，也会得到赐予吧。”我心中连这类事都想到了，却一点也不曾注意到，自己已经被琐碎细微的感触转移了心思。

庭院尚有微明，但待我留意到时，房间里已完全昏暗下来。

“需要开灯吗？”我急忙重新振作起来问道。

“先别开灯……”节子的答话声比之前更嘶哑了。

我们再度无言了好一会儿。

“我有点呼吸困难，花草气味太浓了。”

“那，我去关上门吧。”

我以近乎悲怆的语气回应着，伸手到门拉手上，拉上了门。

“你……”节子的声音这次听起来几乎是中性的，“你是不是在哭？”

我一脸惊讶的神色，急急转身向着她。

“哭啥呀，你瞧瞧我。”

由于房间里已略微昏暗，我无法肯定她是否将朝向床里边的脸转向我，但她看上去似乎是在专心致志地盯着某个东西。可是当我忧虑地顺着她的目光望过去时，却发现她只是在凝视虚空。

“我也明白的，刚才院长先生和你说了些什么。”

这个问题我想立刻回答几句，却什么也无法从口中说出。我唯有静静地关上门，再度入神地望向暮色已然降临的庭院。

不久，我听到背后传来深长的叹息声。

“真抱歉。”她终于说话了，那声音还带着些许颤抖，不过比先前已镇静了许多。“希望你对这些事……别太介意……我们，今后要努力地活下去……”

我扭过头，瞧见她用指尖擦拭眼角后，手指就一直没有离开过那儿。

* * *

四月下旬某个微云的清晨，节子的父亲送我们来到车站，我们就像去蜜月旅行一般，在他面前愉快地登上开往山岳地区的火车二等车厢。火车徐徐驶离月台，节子的父亲被单独留在了车后，他竭力装出若无其事的样子，只是后背已经微驼，仿佛瞬间倏然老去。

待火车完全驶离月台后，我们把车窗关上，神情立刻变得落寞起来。在二等车厢某个空出来的角落里坐下，我们促膝相对，似乎这样做，彼此的心可以互相温暖。

起风了

我们所乘的火车，数次翻山越岭，沿着深溪谷飞驰，又用了很长时间穿越过遍布葡萄园的广阔台地后，渐渐驰向山岳地带。在这仿佛永无休止坚持不懈的攀登期间，天空变得愈发低垂，方才望过去还像是被锁成一团的乌云，不知何时已开始四散飘动，似乎即将垂压到我们眼前。空气也变得寒彻透骨。我竖起上衣衣领，不安地看着把整个身体埋进披肩中双眼紧闭的节子。她的脸庞上与其说带着疲惫，不如说更多一些兴奋。她时不时会睁开眼怔怔地望着我，起初我俩还会用带着笑意的眼神，彼此对视。而后互视的眼神中已带上了不安，接触的瞬间便立即移开。最后她又紧闭了双眼。

“总觉得冷起来了，难道下雪了？”

“现在是四月，也会下雪？”

“嗯，这地区难保不会下雪。”

尽管只是下午三点左右，窗外却已彻底昏暗。我的目光投向窗外，见到无数并排着的没有叶子的落叶松，其中夹杂着黑黝黝的枞树。我注意到火车正通过八岳山脚，却依然看不见本该出现的大山的影子……

火车停在山麓间一个与仓储小屋没什么两样的小车站。车站里有位老勤杂工前来迎接我们，身穿印着“高原疗养院”标志的工作服。

车站前有一辆等待多时的老旧小汽车，我搀着节子的手臂走过去。我感到她在我的臂弯中，走得有些蹒跚，但我装作不曾察觉。

“累了吧？”

“不累。”

与我们一起下车的数人，好像是当地人，在我们周围交头接耳。不过等我们换乘汽车后，不知不觉地那些人就跟其他村民混同，变得无法区分，在村子里消失了。

我们乘的汽车穿过由一排破旧小屋连成的小村，刚抵达一直伸展到远方绵延不断的八岳山脚下那片凹凸不平的斜坡地带时，便望见一栋拥有数个附属楼、红色屋顶的高大建筑物了。在那个高大建筑物的背后，种植着成片的杂树林。

“就是那里了吧？”我自言自语地说，身体感受到了车身在倾斜。

节子稍稍抬起脸，用略显担忧的眼神，木然地望着疗养院。

进入疗养院后，我们被分配入住到位于最里面的那栋病房楼二楼的第一号房，那栋病房后方即是成片的杂树林。简单诊察后，节子收到立即卧床休息的命令。用亚麻油毡铺在地板上的病房中，所有床、桌椅均被漆成雪白——除此之外，就只有刚才勤杂工送来的几个行李箱。

当室内只有我们两人后，我长时间无法平静情绪，不愿意走进专门配给陪护人的狭窄侧室，只是茫然地扫视着这令人觉得毫无遮掩的室内，并多次走近窗户边，留意天气的变化。风吃力地拖拽着重重乌云，偶尔从后方的杂树林里发出尖锐的啸叫。我表现出很冷的模样，来到了阳台。

阳台毫无隔断，与隔壁病房相通。因为无人的缘故，我也就无所顾忌地走过去，窥探着一间间病房。恰好在数过去第四间病房，从半开的窗户望去，望见一个正在休息的患者。我立刻快步折返。

灯终于亮了。我们对坐着吃起护士送来的晚饭。那是第一次在仅有我们两人的情况下用餐，稍稍显得冷清。吃饭过程中，我并未特别留意到外面已完全漆黑，只是觉得周围突然变得安静了，不知何时已是雪花纷飞。

我站起来，将半开的窗户使劲关到仅剩一线，把脸贴近玻璃，一动不动地凝视着纷纷扬扬的雪花，直到窗玻璃因蒙上我呼出的鼻息而变得朦胧。而后我离开窗户，把头转向节子说：“哎，你为什么会……”

她仍然那样躺在床上，欲言又止地仰头瞧着我的脸，又将手指竖在唇上，似乎要阻止我继续说话。

＊＊＊

疗养院坐落于八岳山麓那深褐色宽广绵延的地势由陡至缓处，与数个附属楼一起并列着，面南而立。山麓的倾斜一直向前延伸，令其上的两三个小山村也倾斜着，最后被无数的黑松树完全包围，消失在目力难及的溪谷间。

从疗养院面南的阳台上放眼望去，可一眼望尽那些倾斜的山村以及褐色的耕作地带。倘若是大晴天，在紧密包围住村庄的无边无际的松林之上，还能望见从南向西横亘的南阿尔卑斯山脉[①]及其两三条支脉，在其自身涌发的云海中时隐时现。

抵达疗养院的次日清晨，我在分配给我的侧室里睡醒。从小窗框中望出去，碧空蔚蓝，数座雪白似鸡冠的山峰，就像突然出其不意地自大气中跃生而出，看上去似乎就在眼前。躺在床上时

---

① 日本的阿尔卑斯山脉，是本州岛上最长的一条山脉，由飞驒山脉（北阿尔卑斯山脉）、木曾山脉（中央阿尔卑斯山脉）、赤石山脉（南阿尔卑斯山脉）组成。

无法瞧见的阳台和屋顶上的积雪，沐浴在突至的春日阳光下，化作了绵绵升腾的水蒸气。

稍微睡过头了，我赶忙起身，进入隔壁的病房。节子此时早已睡醒，用毛毯裹着身子，脸上一片晕红。

“早上好！”我的脸也有些发烫，舒缓地说，“睡得如何？”

“嗯。”她向我点点头，“昨晚服过安眠药，总觉得头有点痛。”

我尽量做出这事不要紧的模样，精神饱满地将窗户还有与阳台相通的玻璃门，全部打开。刺眼的阳光使得眼睛霎时间看不见任何事物。等到眼睛渐渐地适应光亮后，我看到了积雪的阳台、屋顶、原野，甚至还有树木上冒着的轻飘飘的水蒸气。

“我还做了个挺可笑的梦呢。你听我说……”她在我背后开口道。

我立即意识到她正勉强要说不好明说的话。每逢这种情况，她的声音都稍显嘶哑。

这回换我转过身，将手指竖在唇上，阻止她继续出声……

不久护士长带着亲切的笑容，步履匆匆地走了进来。这位护士长每天清晨都要如此这般地逐一巡视病房，挨个探视患者。

“昨晚休息得还好吗？”护士长和悦地问。

病人一言不发，诚实地点了点头。

＊＊＊

此类山中疗养院的生活，从被普通人认为是绝处逢生的地方开始，自然而然地带着特殊的人性。——我开始隐隐约约地意识到自己也拥有这种陌生的人性，是在入院后不久，院长让我去诊察室，把节子疾患部的 X 光片给我看时的事。

院长带我来到窗边，为了让我看得清楚，举起 X 光片的底板对着阳光，他一一进行说明：右胸可以清楚看见几根白色肋骨，左胸却形成了一个大到无法看清肋骨，就像是不可思议的黑色花朵一样的病灶。

“病灶的扩散出乎意料地快，没料到竟已变得如此严重。这样的话，很可能是疗养院里现在排在第二位的重症病人。”

院长的那些话在我耳中只留下嗡嗡声，我就像一个丧失思考能力的人，意识领域中仅仅存在着方才所见的，仿佛与那些话全无关联的、不可思议的黑色花朵的影像。离开诊察室的路上，与我擦肩而过的白衣护士、在四周的阳台上晒日光浴的裸体患者们、病房的嚷闹声，以及小鸟的鸣啭，都从我面前毫无关联地掠过。

我终于踏进了最里边的病房楼。当登上楼梯，前往我们病房所在的二楼时，机械性的步伐放缓的瞬间，由紧挨楼梯的一间病房内，传出了从未听过的持续不断的干咳声。这声音传入耳中，听起来如此异样，使人顿时毛骨悚然。

“哎呀，这里也有患者？”我一边这么想着，一边木然地望着那门上的数字：NO.17。

＊＊＊

我们就这样开始了异乎寻常的爱情生活。

节子入院以来即被要求必须静养，所以一直躺在床上。如此一来，与住院前只要身体还行，就尽量起床相比，现在的她，看上去更像病患了。不过病情本身并未见有何恶化，医生们好像也将她当成可以快速治愈的病人来看待。“这样子便能生擒病魔了。”院长还开玩笑地说。

季节在这一时期，似乎要弥补此前时光的缓慢流逝，忽然急速地向前推进。春天和夏天几乎在同时扑面涌到。每日清晨，唤醒我们的，是黄莺和杜鹃鸟的鸣啭。之后的几乎一整天，周围森林的新绿由四面八方涌向疗养院，病房中完全地染上了清爽明丽的颜色。那些日子，就连伴着晨曦从群山中涌出飘散的白云，也好似傍晚时会重返群山。

我回忆起我们最初共处时的日子，和我与节子枕边几乎寸步不离的这些日子，因为时光互相间的相似、因为不失魅力的单纯，我发现它们已变得近乎难以分辨谁先谁后。

尽管如此，却还不如说，在那些相似日子不断重复的过程中，我们不知不觉地，已完全从时间里抽身而出。于是，在摆脱了时间的每一天里，我们日常生活中无论多么细小的琐事，一件件都带上了与到目前为止全然迥异的魅力。我身畔存在着散发出微温、芬芳香气的人儿，那稍觉急促的呼吸、那握住我手的轻柔手掌、那微笑，还有那时常进行的平凡对话——如果将上述事物全部去除的话，那么日子便会单调得空空如也。但是——我们所谓的构成人生的要素，实质上也不过如此。我确信这一切仅仅这样简单，却能使我们如此满足，正是因了我和这名女子在共存的缘故。

说到这些日子里唯一的事件，便是她有时会发烧。这的确会使她的身体逐渐走向衰弱。但因为我们试着将那样的日子过得更细心、更和缓，就像偷尝禁果之味般，去品味那些一成不变的、每日重复所做的事的魅力，所以我们那略带着死之况味的生之幸福，在彼时得到了完全的保障。

如此日子的某个黄昏，我从阳台上、节子从床上，同时出神地眺望着即将没入山阴的夕阳。余晖笼罩下，这一带的山峰、丘陵、松林、山田，半带着鲜艳的红色，另一半则慢慢地被不确定的鼠灰色侵蚀着。像是偶然想起森林般，小鸟们会忽然向着那片森林的上方做抛物线轨迹的飞行——我对于初夏傍晚能在刹那间产生出的那一带美景，早已有着司空见惯的心理准备。我们自己都不敢奢望，除此刻之外，还能有如此充盈的幸福感。我想象着，在很久很久以后，无论何时再度看见这样美丽的暮色而使得此时的记忆复苏的话，我一定会从中寻找到我们幸福的完整画面。

“你在想什么呢？”我背后的节子，终于开口说话了。

“我在想，等到了很远以后的将来，要是回忆起我们如今的生活，该有多美好呀！”

“也许真是这样！”她同意我的看法，非常愉悦地回应道。

随后我们又再度无言，再一次望向相同的风景。就在这时，我突然觉得，如此出神地眺望着景色的自己，却似己非己。一种奇怪的漫无边际的迷茫，简直无法遏制，同时更不知到底为何而痛楚。这时我又感到从背后传来了好像是深切叹息的声音，但这叹息又似乎是我自己发出的。为了确定，我将身子转向了节子。

“那么现在……”节子目光笔直地回视我，用稍稍嘶哑的声音说。可是她刚说出这话，又有点犹豫了。接着，她忽然用与直至目前为止都不同的、斩钉截铁般的语气补充道，“如果永远都这么活着，那就太好了！”

“你又说这种话！”我小声而焦虑地责备道。

“对不起！”她一面简短地道歉，一面将脸扭了过去。

直到刚才为止都不明缘由的情绪，似乎正渐渐地演变为一种焦躁。我再度将视线投向山的方向，然而那刹那间产生出的别样美好的风景，此际已消失了。

这天晚上，当我要去隔壁的侧室就寝时，她把我叫住了。

“方才真是抱歉！”

“没关系啦！”

“我啊，那个时候是打算讲其他事情的，不过，一不留神，却说出了那样的话。”

“那么，那个时候你想说的是什么呢？”

“你曾经说过，‘唯有在将死者眼中，才会真正感受到自然的美’，我那个时候想起了这句话。那时的美景，令我忍不住有了那样的想法……”她一边说着，一边注视着我的面庞，仿佛要诉说什么。

可能是这句话刺痛了我的心，我不由得闭上了双眼。一个念头突然从我的头脑中涌现。紧接着，从刚才开始就让我焦虑、难以确定的那种感觉，终于在我内心明晰地浮现而出。“对呀，我为何就没注意到呢？那个时候觉得自然美的，不是我，而是‘我们’啊。哦，正确地说，仅仅是节子的灵魂经由我的眼睛，然后以我的思维所看到的幻境而已……尽管如此，我却浑然不觉她所幻想的是自己生命的最后瞬间，还自以为是地梦想着我们都会长命百岁。”

不知不觉地，我为这念头而沉思，当我抬眼时，节子仍然如刚才那样注视着我。我回避开那眼神，于她上方俯身，在她的额头上轻轻地吻了吻。我从心底感到羞惭。

＊ ＊ ＊

终于盛夏降临。比起平原，山岳地带的炎热来势更加猛烈。后方的杂树林中就像有什么在燃烧一般，蝉鸣声终日不息。树脂的气味也从敞开的窗户飘了进来。黄昏时，为了能在户外稍微轻松地呼吸，很多患者把床挪到了阳台上。见到他们，我们才初次察觉最近疗养院的患者骤增了不少。但我们对此并不关心，仍旧不顾他人，继续过着仅有二人世界的生活。

这阵子，由于热不可耐的缘故，节子的食欲已完全丧失，晚间也是睡不安枕。为了保障她的午觉，我比先前任何时候都更留意走廊的脚步声，以及从窗外飞来的蜂、虻等。而且我也留意到自己因为酷热而不由自主地变粗的呼吸，并为此而烦恼担忧。

就这样在节子的枕畔屏息静气，守护着她安寝。对我来说，也可算是与睡眠相近的状态。我痛切并清晰地感受到她在睡梦中时而急促时而缓慢的呼吸，我的心脏甚至与她的心脏一同跳动着。我轻微的呼吸困难，似乎有时还会袭扰她。那种时候，她的手有点痉挛地抬起，伸到自己的咽喉部位，做出好像要掐住喉咙的动作——我猜想，她会不会是发生了梦魇？当我迟疑着是否需要唤醒她时，她那痛苦的状况又立即消失了，整个神情都轻松了下来。这样一来，我也禁不住松了一口气，以至于对她此刻的平静呼吸，感觉到一种快慰。

待她醒来后，我轻柔地吻着她的秀发，她则用仍带有倦意的眼神望着我。“你一直都在这里？”

“啊，我也在这里眯了一阵子。”

那样的夜晚中，每当自己无论如何也无法入眠时，我就像变成了积习一样，总是在无意识的状态下，将手伸近咽喉，模仿着那种企图掐住它的动作。在我猛然察觉后，终于真正地感到了呼吸困难。不过那对我来说，反倒是蛮愉快的体验。

“最近总觉得你的脸色挺难看呀。”某天，节子比平时更仔细地端详着我说，“是怎么了？”

“没什么。”她问这话我挺开心，“我一直都这样，不是吗？”

“不要老守在我这个病人身边，稍稍出去散会儿步也好。”

“大热天的，散步就免了吧。晚上的话，又黑漆漆的。况且我每天都在疗养院里频频走动呢。”

为了阻止此类谈话的继续，我时不时地把每天在走廊或其他地方遇见别的患者的事作为谈资：经常聚集在阳台的角落里，将天空看成是赛马场，把流云想象成各种形态相似的动物的少年患者们；总是倚靠在陪同护士的手臂上，漫无目的地在走廊闲逛、患有严重神经衰弱、身材高大到使人畏惧的病人……诸如此类的事，一一讲给她听。但是，唯有一事，就是那素未谋面、每次经过那间病房前，都会听到令人不寒而栗的咳嗽声，使人发自内心难受的17号病房患者的事，我都竭力回避。我在想，恐怕在这疗养院中，那里面住的就是病情最严重的患者了。

八月末渐至，但晚上无法入眠的状况依然持续。不眠的某夜，我们一直睡不着（早已过了九点的就寝时间……）。对面下方的病房楼不知为何传出了喧闹声，而且时不时地响起在走廊上小跑的脚步声、护士刻意压低的呼叫声、器具尖锐的相撞声。我不安地侧耳细听了好一阵。等到以为那喧闹声总算安静了，却几乎就在同时，从各栋病房楼中传来了一模一样的、沉寂中的喧闹声，最后在我们正下方也传来了喧闹声。

我大致清楚现在疗养院中如风暴般狂乱扰嚷的东西是什么了。在这期间，我多少次竖起耳朵，窥听着方才已熄灯，却可能一样辗转难眠的隔壁房间里节子的动静。她似乎一直未翻身，就那样一动不动地躺着。我也屏息静气地静默着，等待那风暴慢慢消退。

半夜里，风暴看起来终于消退了。我不禁舒了一口气，合眼小睡了片刻，却突然被隔壁房间里节子一直尽力压抑到现在的神经性咳嗽，正两声、三声地越咳越厉害而惊醒。那咳嗽声很快就停止了，但我实在无法放心，便蹑手蹑脚走进隔壁病房。黑暗中，她仿佛因为孤身而恐惧，大睁着双眼，望向我的方向。我不发一语，靠近她身旁。

“我不要紧。”她努力报之以微笑，用低微的声音说。我沉默着，在床沿坐下。

“请你留下来吧！”节子又一反常态，怯弱地对我说。我们就这样睁眼不眠，直至夜尽天明。

此一事件后两三天，夏天就迅速地过去了。

* * *

时至九月，似风暴般的骤雨反复地下下停停，接着又几乎毫不停歇地绵绵不绝，这使得树叶等不及枯黄就已沤烂。疗养院的每个房间每日将窗户紧闭，昏暗阴沉。风经常把门吹得砰砰响，后方的杂树林里，还不时传出单调而沉重的响声。在不起风的日子里，我们整日聆听雨顺着屋顶掉到阳台上的声音。在某个雨帘似薄雾的清晨，我迷蒙地透过窗户俯视着阳台对面的狭长中庭，中庭渐渐有了亮光。那时，我见到一位护士由中庭对面走了过来，随手采摘着在雨雾中遍地绽放的野菊和波斯菊。我认出她是那间17号病房的陪护护士。

“啊，那个总是令人不快地咳嗽的患者，难道去世了？”我忽地这么想着。凝视着那护士虽然被雨淋湿，却似乎带着些许兴奋并仍然不停采花的身姿，我突然觉得心脏被什么给揪紧了。

“这里患病最严重的病人，不就是那人么？那家伙如果死了的话，接下来会轮到谁呢？啊，要是院长没有告诉我那些话，该多好……”

当那名护士怀抱大束鲜花消失在阳台的遮挡里后，我仍失魂落魄般把脸贴在窗玻璃上。

“在那儿看什么呢？”床上的节子问我。

“在这样的雨中，却有位护士从刚才起就在采花。那会是谁呢？”我如此自言自语地小声嘟囔着，终于从窗边离开。

但是，那一整天里，我不知为何，一直没有正视过节子的脸。我可以感受到，她已洞察这一切，却故意装作一无所知，只是时时注视着我。这令我的痛苦更加深了一层。怀抱着相互间不能分担的不安和恐惧，我反复思考着，意识到两人间一直这样心思不同是决然不可以的。所以我尽全力要把发生的事快些忘掉，可是不知不觉地，那些事又浮现在脑海中。最后，我甚至连那个雪花飞舞的夜晚，我们初次抵达疗养院时，我本不想听，但终于忍不住又从她口中打听出来的那不吉利的梦，都突然想了起来。尽管我一直竭力去忘掉这个梦的事，可它猛然间就跳了出来。

在那不可思议的梦中，节子已是一具尸体，躺在棺材里。人们抬着棺材，横越在不知在于何处的原野，进入到森林里。虽然她已经死去，却在棺材里清楚地见到寒冬肃杀的原野和黑色的枞树，听到枞树间吹过的幽凄风声。即便从梦中清醒后，她仍旧清楚地感到自己耳边是那么阴冷，枞树的沙沙声依然充斥其间。

那种似雾的细雨，在连续下了数日后，季节已彻底转变。倘若留心观察，就会发现疗养院中原先人数挺多的患者，正一个、两个地离开，只有必须留在院里过冬的重症患者还在。疗养院也因此再度如夏天前那样清寂。第17号病房患者的死，愈发地加快突出了这一点。

九月末的某个早晨，我由走廊北面的窗户，无意间向后方的杂树林瞧了瞧，只见雾气弥漫的树林中，有一些人正进进出出，这是平日从未见过的景象，令我顿感诧异。我试探着询问护士们，她们也流露出毫不知情的模样。于是我也淡忘了此事。然而，次日清晨，又有两三名小工前来，在雾中忽隐忽现地砍伐山丘边缘似乎是栗树的树木。

那日，我偶然打听到了一件事，此事前一天在患者中还无人知晓。听说那个使人畏惧、神经衰弱的患者，在树林里上吊自尽了。这么一说我才察觉，那个身材高大，每天能见到数次倚着陪护护士的胳膊在走廊里来回走动的男人，从昨天起忽然消失不见了。

"轮到那个男人了吗……"由于受第17号病房患者之死的影响，已变得神经质的我，竟因这尚未到一周又连续发生的意料之外的死亡，而不禁松了口气。以至于我原本应该从那样悲惨的死法里感受到的忧伤，也因此而刻意不去感受了。

"即使她的病情，严重程度仅次于前些日子死去的那患者，也不意味着一定会死呀。"我故作轻松地对自己说。

后方树林中的栗树被砍伐了两三棵后，遭伐的地点看上去像突兀地多了个豁口。小工们不停工作，开始挖山丘边缘，把土运到从彼处起急速倾斜、坡面较陡的病房楼北侧边的空地上，将那一带的斜坡填平。同时，那里正有人在着手进行改建花坛的工作。

* * *

“令尊寄信来了。”

我从护士送来的一沓信里，抽出一封，递给节子。她仍然躺在床上，接过信后，立即闪耀出少女特有光芒的目光阅读起来。

“哎呀，爸爸打算来这儿呢！”

节子的父亲旅行中，利用归途之便，将顺路到疗养院来。这就是他所寄来信的内容。

那是十月里某个晴朗但有强风的日子。最近因为总是卧床，而导致食欲衰退的节子，明显消瘦了。从那天开始，她就竭尽全力地进食，有时还从床上起身，有时又小坐片刻。她的脸上，还时常浮现出似是想起什么开心事而绽放的笑容。这种少女般的微笑，我知道是只有在父亲面前才会展露的。我听任她这样笑着，以使她保持这种状态。

数日后，在某一天的午后，节子的父亲到来了。他的容貌看起来较之前苍老了不少，最为明显的是背部驼得更厉害了。那副模样，令我感到似乎是医院的氛围使他产生了恐惧。进入病房后，他坐在节子枕边，这地方以往是我坐的。可能因为近几日来身体活动过频，昨天黄昏起节子稍微有点发烧，在医嘱下，从早上起就必须遵守命令，她内心的期待落空了，保持安静。

本已认定病人几近痊愈，可见到她依旧卧病在床，节子的父亲不禁露出不安的神情。随后，他仿佛要查明其中原因般地，仔细环视着病房，关注着护士们的一举一动，接着又去阳台上查看，所有的一切似乎都让他非常满意。这期间，他见节子的双颊泛出玫瑰般的红色，不知那是由于发烧而非兴奋造成的，还为此反复地强调，“不过脸色还蛮好嘛。”似乎想通过这话，让自己相信女儿的病情已经好转了不少。

我借口说等会儿还有事，走出了病房，让他俩单独在一起。不久后，我再度进入病房，只见节子已在病床上坐起身。节子所盖的被单上，铺满了父亲带来的点心盒子与其他纸包。那些都是她少女时代所喜欢的，父亲以为她现今仍会喜欢东西。她见到了我，顿时像恶作剧被发现的小女孩般，脸颊羞红，收拾好盒子和纸包，紧跟着就躺下了。

我稍感窘迫，便坐在离他们略远点的窗边椅子上。两人于是用较之先前更小声的音调，继续谈起刚才被我打断的话题。谈话中提及的人和事，多是他们熟悉，而我不知道的。当中有某件事，好像带给了节子细微的感动，这感动是我所无法体会的。

我把他们两人那十分愉悦的谈话场面，想象成一幅画来欣赏。我因此而看到，在对话中节子向父亲所展露的神情以及抑扬的语调，使得那种极度的少女光辉复苏了。而她如孩童般幸福的模样，令我幻想着我所不知道的她的少女时代。

过了一阵子，当只有我们两人时，我挨近她，戏耍似的轻轻耳语说："你今天就像一个我不认识的玫瑰色少女一样。"

"才不是这样呢！"她像个小丫头那样，将脸颊迅速地埋进了双手中。

* * *

节子的父亲逗留了两日后便离开了。

出发前，节子的父亲请我带路，在疗养院四周转了几圈。不过，这样做的目的，其实是方便我们两人私下交谈。这天万里无云，天清气朗，我手指着褐色山体已变得异常清晰的八岳山请他看，节子的父亲却只是稍稍抬眼一望，又继续专心地絮叨着：

"她的身体可能无法适应这里的环境吧？已经疗养了半年有余，按理说病情应该好转一些了啊。"

"那个嘛……今年夏天每个地方的气候，好像都不佳。而且我听说位于山中的疗养院，要等到冬天疗效才最好。"

"如果能熬到冬天，或许还行。可是瞧那模样，她可能无法熬到冬天了。”

“但她自己也对冬天抱有希望的。”由于不知该如何使节子的父亲理解这种深山的孤独为我们孕育了怎样多的幸福，我感到焦虑。然而考虑到他为我们作出了那么多牺牲，我真是有话却说不出口，只好继续着彼此间答非所问的谈话。

“嗯……您来一趟山里也不容易，怎么不多留一段日子呢？”

“可是，你会一直陪着她到冬天吗？”

“当然。这还用说？”

“那可真不好意思啊，你现在还有没有在工作？”

“没有。”

“那你也不能老想着照料节子，稍做点工作还是必要的。”

“嗯，往后我多多少少会干点。”我闪烁其词地说。

我已经相当长时间没有顾及自己的工作了。如今不管怎么着，都得尽量开始工作了。一念及此，我的情绪变得昂扬起来。之后我们静默无言，伫立于山丘之上，仰望天空。无数鳞片状云朵，不知何时已从西边天际扩展到了我们头顶的天空。

片刻后，我们穿过树叶已尽数转黄的杂树林，从后方绕回到医院。那天仍然有两三个小工在挖土丘，当我们由旁边经过时，我不动声色地淡然说：“据说这儿正打算建一个花坛呢。”

黄昏时，我将节子的父亲送到车站。回来后只见她侧身躺在床上，正剧烈地咳嗽着。咳嗽到如此厉害的地步，此前从未有过。

等到咳嗽声略微缓和了些，我问她：“怎么了？”

“不要紧，过一会儿就好了。”节子好不容易才回答我。“请给我一杯水。”

我将长颈水瓶里的水倒入杯中，递到节子的嘴边。她喝了一口，稍稍平静了些许。可是这样的平静只维持短暂一阵，比刚才更加剧烈的咳嗽，又一次侵袭了她。我见到她的身体痛苦地颤动着，几乎要落到床外了，我却毫无办法，只能不停地问：“要我把护士叫来吗？”

“……”即使咳嗽已经平息，她仍然保持着因痛苦而导致的身体颤动，双手捂在脸上，点头表示同意。

我赶紧去唤护士。护士跑在前头，把我抛在身后。当我尾随其后，进入到病房时，节子正架着护士的双臂，把身子调整到略微轻松的姿势。但她木然地大睁着双眼，咳嗽的发作应该是暂时止住了。

护士慢慢地松开节子架住她的手臂。

“咳嗽已经停止，请保持目前状态，不要随便乱动。”护士说着，将凌乱的毛毯整理好。“我现在请人来给你打针。”

护士一面走出病房，一面对不知该站在哪里，最终呆立于门旁的我，轻轻耳语说：“咯出点血痰了。”

这时，我才靠近她枕边。

她有些麻木地睁着眼，看上去却让人觉得她已沉睡。我一边将她苍白额头上像小漩涡一样的卷发向上撩好，一边用手在她那满是冷汗的额头上轻抚着。她仿佛终于感受到我温暖的存在，嘴唇边泛起一丝神秘的微笑。

* * *

绝对安静的日子持续着。

病房的窗户统统被黄色的遮阳帘所遮盖，房内变得昏暗。护士们只能尽量踮起脚尖慢行。我几乎和节子的枕边粘在了一起，就连夜间的看护也一个人承担。有时她会面向我，仿佛有话要说。但我为了不让她说话，立即将手指竖在唇边。

如此的沉默，将我们分别拖入各自的思绪中。可是，对方心中所思，我们彼此间都能非常痛苦而清晰地感觉到。我思索着，这次事件其实是节子为我所做的牺牲，转变成了肉眼能见的事实。我真切地感知到，她正因为自己在一瞬间轻率地打破了我俩迄今细心再细心培育出的东西而懊悔。

然而这种不将自己的牺牲看成是牺牲，却只责怪自己轻率的可怜心境，使我倍感揪心。我一面将这样的牺牲视作她理所当然付出的代价，一面在那不知什么时候会变为死亡之床的病床上，和她一起愉快地品味着生的快乐——我们坚信没有其他什么能给予我们更加幸福的东西了——可那果真能让我们满足吗？此际我们觉得是幸福的事物，难道不比我们所想象的更空幻短暂，更趋于反复无常吗？

彻夜陪护，使我颇感疲累。浅睡在节子身旁，我翻来覆去地如此思考着。似乎有什么正将要威胁到我们的幸福，我忐忑不安地感觉到了。

但那样的危机，只过了一周，便消散了。

某个清晨，护士终于除去了病房的遮阳帘，让一部分窗户敞开后，就离开了。秋日的阳光耀眼地射进来。

“真舒服呀！”节子在床上像获得新生一样说。

正在她的枕边翻阅报纸的我，一边默想着：给人生带来重大冲击的事情，竟然在消逝时，会了无痕迹，仿佛全然与己无关。一边瞅了瞅那副模样的她，不由得以调侃的语气说：“等令尊下次来时，最好别这么兴奋。”

她脸上略显晕红，对我的调侃坦然接受。

“下回父亲再打算来，我就装出一无所知的模样。”

“你能做到才好……”

彼此间就这样开着玩笑，我们互相安慰着对方的心情，一起如孩童般，将所有责任统统强推给了她父亲。

于是，我们的心情顺理成章地轻松了起来，将这一周里所有的事情，都认定为只不过是个无关紧要的失误，并将直到方才还不仅在侵袭我们的肉体，甚至侵袭我们精神的危机，若无其事地甩脱掉了。至少我们是这么看的。

某个晚上，我守在她身旁看书。突然，我合上书走向窗户那边，沉思了一阵子。然后再度回到她身旁拿起书开始阅读。

“怎么了？”她仰头问我。

“没啥。”我随口答道。装出大约有数秒我的注意力被书吸引住的样子，但终于还是开口说：“自打到这儿后，就几乎啥事都没做。因此我想今后要找点活儿干了。”

“是啊，工作是必需的。父亲对此也挺担心呢。”她神色凝重地说，“请不要只关心我的事。”

“不，你的事更要多考虑。”我一边紧紧追逐着当时瞬间浮现于脑海的某部小说的模糊轮廓，一边仿佛喃喃自语地说，“我打算把你的事写一部小说。至于其他的事，目前我不会考虑半点分毫。我们这样地互相给予对方幸福——由这人们都认为的终结之处开始重生的愉悦——让这份他人都难以明了，只有我们拥有的东西，转换为更确切的有形实质，懂了吗？”

“懂了。”节子就像理解自己的想法那样理解我的想法，不假思索地答道。但随即撇了撇嘴，笑着说，“写我的话，只管放开去写吧。”这话稍稍显得有些敷衍。

但我仍然率直地接受了这句话。

“啊，我当然会放开去写。不过这次的作品，必须借助于你的大力协作才行。”

“我有什么事能帮上忙呢？”

“嗯，你呀，希望在我工作期间，你能够从头到脚都满是幸福，不然的话……”

相比一个人发着呆想心事，这样两人一起思考的方式，使我的头脑和灵感别样的清醒活跃。我就像被泉涌的文思驱使一般，不停地在病房里来来回回地踱步。

“一直待在病人的身边，会变得没精神的。稍稍出去散个步如何？”

“嗯，我要开始工作了！”我两眼炯炯有神、精神抖擞地答道。“我会好好散步的。”

* * *

我走出那片森林，穿过对面被大沼泽隔离的森林，八岳山麓一带，在我眼前无边无际地伸展开来。在遥远的前方，与森林边缘接壤的地方，一座狭长的村庄以及倾斜的耕地，横陈在那儿。疗养院的建筑位于其间的一部分，几个红色的屋顶就像鸟儿的翅膀一样张开。尽管外形看过去已变得很小，但依然一望便能认出。

我从清晨开始就不清楚都走了哪些地方，只管信步而行。从这片森林彷徨到那片森林，全身心沉浸在自我的思考中。可是现在，在秋天澄净的晴空下，疗养院小小的影子，出乎意料地被突然拉进我的视野。一刹那间，我感觉就像是骤然从附着于自身的迷离中苏醒来一般，得以从置身在那建筑中被数不清的病患包围着，每一天都无所事事地度过的异样中解脱出来并独立思考。从刚才起就在我身体中奔涌的创作欲望，不断地催促着我。于是我将我们在此地度过的那奇妙的日复一日，演化为一个异常感人而又恬静的故事。“节子啊，直到此际为止，我都不认为两个人可以这样地去爱。因为在此之前，你我都不存在于对方的生命中。”

我的梦想，在我们所经历的种种事物上方，时而迅速掠过，时而一动不动地停滞于某个地方，似乎在徘徊着。虽然我远离节子，但这段时间里我仍然不停息地与她进行心灵的对话，并听见了她的回答。拥有我们的这些故事，与生命的本质一样，永无穷尽。然后不知不觉间，那个故事将会凭借自身的力量而有了生命，离开我，随着它自己的意愿恣意发展。动辄就停滞于某处的我，将被丢弃在原地。仿佛故事本身也期待着那样的结果般，编造出重病的女主人公令人悲伤的死亡——预感到肉身将要湮灭，仍拼尽残余力量快乐高尚地活下去的女孩——被恋人怀抱于臂弯中，为生者的悲痛而悲伤，自己则坦然而幸福地逝去的女孩——这女孩的影像，就像描绘于空中那样，清晰地浮现出来。“男子试图让他们的爱变得更纯粹，劝使身有疾病的女孩前往山中的疗养院。但死亡逐渐威胁着他们，男子日渐怀疑他们想要得到的幸福，就算是完全得到，可果真就能使他们自身称心满意吗？——但女孩在承受着临终的痛苦中，感激男子直至最后依然真诚地守护着自己，因而心满意足地逝去。男子也由于得到如此高尚的死者的帮助，终于得以相信彼此间小小的幸福。”

这故事的结局，仿佛就潜伏于某处，在等待着我。然而猛然地，那女孩弥留之际的影像，以出乎意料的激烈打击了我。恍似梦魇中醒来，难以言说的恐怖和羞耻感笼罩着我。为了将身体从这梦境挣脱，我立即从原先所坐的山毛榉的裸根上站了起来。

太阳已高升在天空。山、森林、村庄、田地，所有的这一切，都于秋日的和煦阳光中，得到了安宁的呈现。即便是远方望上去渺小的疗养院建筑的内部，所有的一切也必定都在遵循惯例进行着运转。突然地，那被摒弃于惯例之外、一个人站在那些生疏的人当中等着我的节子的孤寂身姿，浮现在我脑海中。我忽然为她而忧心忡忡，急忙走下山道。

我穿过后方的树林回到疗养院。然后迂回阳台，来到最里头的病房。节子完全未注意到我，一如往常地躺在床上，用手指梳弄着秀发。同时以有点悲伤的眼神，望着虚空。我本打算用手指敲敲玻璃窗，但想了想立即放弃了，只一动不动地全神贯注地瞧着她。她的表情，仿佛受到了某种威胁却又在尽力容忍。那副模样，使人觉得恐怕连她自己也不曾意识到自己露出的呆滞的神情。望着我从未见过的这种陌生神情，我感觉内心再次被紧紧揪住了。突然，她的脸色明朗起来，仰起脸，甚至有了微笑——她发现了我。

我从阳台走入病房，靠近她身边。

“想什么呢？”

“没啥。”她用听上去似乎不属于她的声音回答道。

接着我就不再说任何话，心情沉郁地保持着静默。她用仿佛寻回了往常自我的亲昵声调说：“你去哪儿了？去的时间真长。”

“对面。”我随手指向阳台正对面能望见的遥远森林。

“啊，去那样的地方呀。你的工作怎么样了？”

“呃，嗯……”我十分冷淡地回答后，又回归于先前的静默相当长一段时间。此后我突然用拔高的音调问她，“对于目前这样的生活，你满意吗？”

她对这突如其来的发问，表现得稍微犹疑。而后就定睛凝视着我，似乎要让我坚信般，点着头，继而反问道：“怎么会问我这种问题呢？”

“我一直感到目前的生活，是我处事任性的结果。这样的事，我一直过分认真地对待，如此一来，你也……”

“这种话真令我讨厌！”她急切地打断我。“说这种话才是任性呢！”

然而我看上去仍旧是一副无法满意这些话的样子。她长时间地、腼腆地注视着我的消沉，最终像是再也不能忍耐般开口说：“我因为在这里，才会如此满足，你竟然不能理解到么？无论身体方面是如何欠佳，那样的时候我却一次都不曾起过回家的念头。如果你从我身边消失，我真的不知自己会变成怎样。就像刚才，你不在的那一阵子，起先还以为你回来越迟，带给我的喜悦会越大，所以我还能勉强支撑。但是——由于过了我认为你将归来的时间，你依然迟迟不归，导致我最终变得极为不安。于是，往常总是有你相伴的这个房间，也不知为何竟充满陌生感，我畏惧到甚至想逃出这房间。可是，之后因为想起你曾说过的话语，心情就逐渐镇定了。你曾对我这样说过——‘等到了很远以后的将来，要是回忆起我们如今的生活，该有多美好呀。’”

她用渐渐嘶哑的声音说完这段话，而后以一种不能算是微笑的神态，撇着嘴角，直视着我。

我聆听着她的话语，内心禁不住满是凄楚之情。但我担心被她瞧见感动的模样，遂轻步走到阳台。接着，在阳台上，我如痴如醉地凝望着周边的景致。与我曾经认为已完全描绘出我们幸福的那个初夏黄昏相似——但又迥然有异的秋天上午的阳光，带着更冷、更深韵味的光芒。与彼时的幸福感极为相似，但我更能感知到的，是一种愈发使人揪心的难以名状的感动，充溢着我的全身。

冬

一九三五年十月二十日

午后，像往常一样，我留下节子，走出了疗养院。我穿过农夫们正忙忙碌碌地劳作、收获的田地，又越过了杂树林，走下位于山洼里人烟稀少的狭长村庄。随后，经过悬于小溪上方的吊桥，爬上村子对岸栽着很多栗树的小山岗，最终我坐在岗顶的斜坡上。在此我能够连续数小时，以明快安静的心境，沉醉于今后将要着手开始的故事的构思中。有时，在我脚下的方向，孩童们晃动栗树，使得栗子不断落下。那在溪谷中回荡的巨大声响，令我受到惊扰。

身处此中景境的我，耳闻目睹着身旁的一切，感受到它们似乎要告诉我，我们人生的果实，都已成熟了。同时还催促着我，早日收获这果实吧。这样的感受，我很喜欢。

眼见红日西倾，溪谷村庄快要完全隐入对面杂树林的阴影中了。我缓缓起身，步下小山岗，再次经过吊桥，在到处回响着水车咕咚声的小村子里慢悠悠地溜达。想到节子可能已经在焦急地等待我回去，我赶忙加快了步伐，沿着延伸至八岳山麓一带的落叶松林的边缘，返回到疗养院。

十月二十三日

接近黎明时，我被似乎近在咫尺的异样声音惊醒。侧耳细听了一阵，整座疗养院却如死一般寂静。随后我觉得双目清明，再也无法入睡。

透过小飞蛾黏于其上的玻璃窗，我怔怔地看着两三点晨星闪烁的微光。就在这时，我渐渐对天将破晓感到一种莫可名状的凄寂。轻轻起身，也不清楚自己打算做什么，赤脚走进仍然一团黑暗的隔壁病房中。挨近床边后，弯腰看着节子沉睡的面庞。忽地，她出乎意料地睁开眼睛，朝上望着那样的我。

“你干什么？”她讶异地问。

我边以眼神告知她不必介意，边将身子缓缓屈低，压到她身上，就像是再也难以忍耐般，将自己的脸颊，贴在她的脸颊上。

“哎呀，真凉！”她一面闭上眼，一面稍稍挪了挪头。她的秀发隐隐弥漫出芳香。就这样，我们互相感受着彼此的呼吸，长久地，脸儿一动不动地紧贴着。

“啊，又有栗子掉落了。”她将眼睛睁开一线，看着我，轻语说。

“哦，是栗子吗？原来就是这些家伙，刚才把我惊醒的。”

我稍稍提高了音调，边说话边轻轻地松开她的手，走到不知何时已渐渐变得亮堂了的窗户那边。然后倚身窗边，任凭刚才不清楚是由哪只眼睛流出的热泪，顺着脸颊滑落。我出神地望着对面山背上数朵悬停的云，那云朵已染上了混浊的赤红色调。接着我又听见农田方向传来的声音。

“你这样子会感冒的。”她在床上小声说。

我一边思索该如何用轻松的口吻回答她，一边转头望向她。然而，只要一接触到她睁得大大的、忧郁地瞧着我的双眸，轻松的话语便说不出口。我唯有沉默，离开窗边，回到自己的侧室里。

过了数分钟后，节子又开始了难以抑制的剧烈咳嗽。这咳嗽已成了每日黎明的惯例。我再度钻进被窝里，用说不清什么滋味的不安心情听着那咳嗽声。

十月二十七日

今天我依然是在大山和森林里度过了午后。

我终日所思考的都未脱离一个主题，真正的婚约的主题——

两个人究竟能在过于短暂的一生中，令彼此拥有多少幸福呢？命运全然无法抗拒，在它面前唯有低头认命。相互间心心相印、身身相暖，肩并肩站立的青年男女的形象——身为这样的一对，寂寞、郁郁寡欢的我们的身影，愈加清楚地跃到我的眼前。如果将这些熟视无睹，现在的我还可以描绘什么呢？

广袤无垠的山麓，已被凋败的落叶松林染成一片黄色。日暮时，我像往常一样加快脚步回程。走到松林的边缘时，遥见在疗养院后方的杂树林尽头，正站着一名年轻的高挑女子。此时她全身沐浴着西倾斜阳的余晖，头发泛出耀眼的光泽。我稍稍止步，心想那女子真是像极了节子。然而她怎会独自站在这种场合呢，实在无法确定。因此，我仅比以往稍微加快了脚步而已。但随着距离越来越近，仔细一看，竟真的是节子。

“怎么了？”我跑到她身边，气喘吁吁地问。

“在此处等你呢。”她的脸因羞涩而有些微红，笑答道。

“这真是胡闹！”我从侧面瞧着她的脸。

“就一次的话，不要紧的。况且我今天感觉心情很舒畅。”她努力用快活的语调说着，目光笔直望向我归来方向的山麓。“隔很远就看到你走过来了。”

我一句话也不说，和她并肩站着，目光投向同一个方向。

她再次快活地说：“一到这个地方，八岳山就能完全看见了。”

“嗯。”我有点敷衍地答应了一声。就这样与她肩并肩遥望八岳山时，心头突然涌起一种不可名状的混沌思绪。

“这样子和你一同望着那座山，是今天的第一次吧？但是，我总觉得，似乎在此之前，已经无数次地这样望过那座山了。”

“这种事不可能吧？

“不，对了，现在我终于记起来了，我们呢，在很久之前，曾经从这座山的对面，像这样子，一同看过它。不，你我一同看的时候，是在夏季，因为总是被云遮住，所以几乎啥都没看见。但是，进入秋天后，我独自去那儿看，在远处望着对面地平线尽头的这座山，是从与现在相反的方向望。尽管从那么遥远的地方望去，也弄不清到底是不是此山，但确实挺像的。好像就是那个方位，你还记得那片长满芒草的草原吗？”

“嗯。”

“实在是奇妙啊。与你一起在这山麓里生活了那么长时间，竟然丝毫没注意到。”正好两年前那个秋天的最后一日，从芒草茂盛的草丛里初次眺望清晰地平线上的群山，那时我怀抱着几乎说是悲哀的幸福感，梦想两人总有一天会在一起的身影，这幅景象令人怀念地在我眼前清晰浮现。

我们陷入了沉默中。从上空飞过的候鸟群，无声地横掠天际。我们肩挨着肩，伫立着，怀着最初日子里的那种眷慕之心，眺望着层峦叠嶂的群山。我们的影子渐渐地被拉伸，倒伏在草地上。

不久后，风渐起，我们背后的杂树林发出了喧杂声。我突然像想起了什么似的，向她说道："是时候回去了。"

我们走入落叶飘零的杂树林中。我不时会停下来，使她可以稍稍领先我。两年前的夏季，在森林中散步时，也仅是因为想好好瞧瞧她而故意让她领先我两三步。像这样拉拉杂杂的琐碎回忆，浮现于我的脑海中，紧紧揪住了我的心。

十一月二日

晚上，一盏灯令我们彼此靠近。在那灯下，我们已有了相互不言的默契。我拼命地写着主题为我们生之幸福的故事。在灯罩的阴影中，我几乎无法确信安静地躺在昏暗床上的节子，是不是真的就在那里。我有时扭头望向她，便会与节子也正注视着我的目光相遇，似乎她一直都在那样注视着我。"可以像这样待在你身边，我就很快乐了。"她瞧我的眼神里饱含爱意，仿佛要对我这样说。啊，这让当下的我多么相信我们现在所拥有的幸福呀。对于我奋力要将这幸福变成清晰的形态，将会有多么大的帮助啊！

十一月十日

冬季到来，天空愈显空阔，群山望过去近了不少。群山的上方，似乎只有雪云永远不动地停滞在山巅。这样的清晨，大概是受山上大雪的驱赶，飞来了平时难见的稀罕鸟儿，停得阳台到处都是。待到那些雪云消散后，有一天，群山上方变得一片浅白。在这段时间里，有数座山的山顶，都醒目地留着残雪。

我回忆起数年前，自己屡屡怀着这样的梦想：在类似的冬天，清寂的山岳地区，与可爱的女孩过着与世隔绝的二人生活。远离凡尘，深切地相爱，投入爱的遐想中。我要将我自小就不曾失去的、对甜美人生的无限憧憬，毫无改变、原封不动地照搬到这个令人畏惧的严酷大自然中。为达成此目的，则无论如何，必须要有真正的寒冬、清寂的山岳地区。

拂晓时，我趁节子仍在睡梦中，悄悄起身，奔出山中小屋，精神抖擞地冲进雪里。四周的群山沐浴在曙光中，闪耀着玫瑰色的光芒。我从隔壁的农家取来才挤出不久的山羊奶，回到小屋后身子几乎快冻僵了。随即自己往暖炉里添柴火，不多一阵工夫，柴火发出噼里啪啦声，火焰跃动地燃烧着。这响动使节子渐渐醒来。当时我的手虽已冻僵，但仍然十分愉悦地、完整地将我们如此这般的山居生活笔录下来。

今天早上，我忆起了这个自己在数年前的梦想，那无论何处都不可能存在的、版画似的冬季景致，浮现在我眼前。我不时地与自己商议，对原木建起的小屋中款式多样的家具的位置进行调整。过不多久，那梦幻的背景终于支离破碎，模糊地消失了。在我眼前，只剩下由梦中回归现实的微微积雪的群山、光秃的树木，以及冷冰冰的空气。

一个人先进过餐，将椅子挪动到窗边，陷入了那样的回忆中的我，突地扭头转向节子。她总算也进餐完毕，就这样在床上支起身，用总感觉带着疲累的迷离眼神，怔怔地眺望着大山的方向。我凝视着她有别于平日的松散头发和憔悴面容，感到从未有过的心痛。

“是因了我这样的梦想，把你带进了如此境地吗？”我内心被近似于后悔的情感所充斥。但这句话却到底未说出口。我面对节子说：“说起来，这段时间里工作已经夺走了我的心思，即便是这样子在你身旁时，对你的事我也全然未曾考虑。正因如此，我才告诉你和我自己：哪怕是在工作，也要更多地考虑你的事。然后我的心情便会不知不觉地好转。比起你的事，我为那些无聊的梦想虚耗了太多时光。”

可能是察觉到了我讲以上话时的眼神，床上的节子没有丝毫笑意，表情严肃地盯着我。近期在不觉间，一遇到此类状况，我们较之以往，都会用更长的时间，进行互相间似乎要拉得更近的目光对视，这已然成了我们的习惯。

十一月十七日

再有两三日的时间，我的小说稿应该可以写完了。我如果一直写我们这样的生活，只怕会永无结局。为了使其能有一个完结，我必须写出结局来。然而我现在还不愿意以任何形式的结局给予我们依然在继续的生活。不,应该说是没法子给予它任何结局。故而，或许以我们如今的状态来完结，才是最理想的。

如今的状态？我想起最近在某部作品里读到的一句哲语：“妨碍幸福的，正是回忆幸福。”此刻我们给予彼此的东西，正与我们曾相互给予的幸福，慢慢地变得大相径庭。它与我所言的幸福形似可又有实质区别，是更加扣紧我心弦的痛苦。紧追不舍这种真实面目尚未彻底呈现于我们人生表层的东西，真的能找到与我们幸福故事相配的结局吗？不知为什么,我不禁产生了一种感觉,在我尚无法明晰洞察到人生的另一面时，似乎总有一种对我们的幸福抱有敌意的东西潜藏着。

对于这些，我的心情焦虑难安，一边思忖着，一边关掉了灯。当我经过已熟睡的节子身边时，突然停了下来。望着她在昏暗中略显苍白的睡颜。那略微凹陷的眼圈，有时会痉挛般抽动。可我完全看不出有什么事物在威胁着她。难道是因为我自身难以言喻的不安，而导致我认为她也有这样的感受？

十一月二十日

到目前为止的所有稿件，我都已悉数重阅。我这样做的意图，在于促使其可以达到令自己满意的程度。

然而另一方面，当我重阅稿件时，我发觉自己的内在已彻底不能体会到作为故事主题的我们自身的“幸福”。我开始觉得那个意想不到的、置身于不安中的我，思绪已不知不觉间脱离了故事本身。在这故事中，我们一边品味着那些小小的、被允许拥有的生之乐趣；一边信念坚定，确信可以用独有的方法令彼此幸福。哪怕仅是一点点，也能将我的心灵束缚住。但是，我们追求的目标是否过高呢？进一步而言，我对生的欲求，又是否过分轻视呢？因此，我现在被束缚的心灵，是不是因此缘故，而崩裂成了这样呢？

“可怜的节子……”我任由稿件被随手扔在桌子上，继续冥思。我自己故意以漫不经心来假装的生之欲求，被处于沉默中的她察觉到了。但她刻意不让我瞧出她对我的同情，我因此而备受心灵上的折磨。为什么我没有办法把这样的我，完全地对她隐藏呢？为什么我如此软弱呢？

我将视线移至灯影下的病床上，望着从方才起眼睛便半开半闭的节子，感觉快要无法呼吸。于是离开灯光处，徐徐向阳台那边走去。

这是一个微月的夜晚，被云遮蔽的山岳、丘陵、森林等的轮廓，仅能依稀看得出。其他部分，几乎全部融进了带有朦胧蓝色的黑暗中。但我眼中看到的，并非那些景致。我只希望内心可以再度清晰地浮现那个初夏黄昏时，两人怀着哀婉的同情，将我们的幸福恒久地维系到最后的、此刻全都不曾消失地留存于记忆中的山岳、丘陵及森林。连我们自身也化作了其中的一部分，融汇于那一瞬间的风景。这些风景，迄今已无数次复苏，并在无意识间变成了我们存在的一部分。随后又和季节一道变化形态，其现在的样子在时光的流逝中，成了我们几乎难以见到的东西。

“我们能拥有的那种幸福的瞬间，仅仅有了它，就值得我们一起生活了吗？”我问着自己。

我的背后突然传来轻轻的脚步声，那肯定是节子了。但我没有回身，仍然一动不动地站立着。她也一言不发，站在和我保持着一定距离的地方。我可以清楚地感觉到她就在我的近距离内，并能感到她的呼吸。冷风偶尔会悄无声息地由阳台上掠过，不知位于远方何处的枯树发出了声响。

“有什么心事吗？”终于，节子开口问道。

我未即刻作答，而是突然回过头来，以应付的姿态笑了笑。

“你是知道的吧？”我反问。

节子似乎在畏惧什么陷阱般谨慎地看着我。

“自然是考虑我的工作呀。”我缓缓而言，“我无论如何都想不出好的结尾。我不愿以我们平庸而无意义地活着来做结束。怎么样？和我一块儿考虑个结尾如何？”

“可是你到底写了些什么，我还不清楚呢。”节子向我展露了一个微笑，但是那微笑中隐隐带着不安。

“的确如此。”我又一次应付地笑着说道，“那么，接下来的日子我会念一遍给你听的。不过目前还仅是初稿，尚未达到能念给人听的水准。”

我们回到房间中。我再度坐到了灯旁，再次翻阅着随手丢在那儿的稿子。节子就那样站立在我身后，把手轻轻地搭在我肩上，目光越过我的肩膀看着稿子。我突然扭过头，用干涩的嗓音说：“你还是早点休息去吧。”

“嗯。”她温顺地回答，稍稍犹豫后，便将手松离我的肩膀回到了床上。

“总觉得睡不着。”两三分钟后，节子躺在床上自言自语地说。

“那么，我把灯给关了如何？我也已经好了。”我一边这么说，一边关掉了灯，起身挨近节子枕边。随后就坐在床沿，握紧着她的手。我们就保持着这样的状态，在黑暗中静默无言。

风比先前刮得更强了，吹得周边的森林不停地发出呼啸声，还不时地刮到疗养院的建筑上，将不明在何处的某扇窗吹得吧嗒吧嗒的响。最后强风也掠过了我们房间的窗户，响声不绝。她长时间地握着我的手不松开，好像对这响动心怀恐惧，同时紧闭着双眼，仿佛一心想通过内心的作用而入眠。片刻后她慢慢地松开了手。瞧那模样，应已沉沉入睡。

“那么，这回轮到我了。”我低声自语着，为了让同她一样难以入眠的自己进入梦乡，我走进了自己那间黑漆漆的房间。

十一月二十六日

这段时期，我经常在拂晓时睁眼醒来。一到那样的时候，我便会悄悄起身，眼睛一眨不眨地凝视着节子的睡颜。已经屡次如此了。床沿与花瓶都已渐染上清晨的金光，唯有她的面容永远是那么苍白。“真是个可怜人。”这句话仿佛已变为我的口头禅，有时尽管这么说了，自己却未察觉。

今日清晨，我又是在天将破晓时醒来。凝视着节子的睡颜很长一段时间后，踮起脚尖，离开了病房，来到疗养院后方已完全凋零枯萎光秃秃的树林中。每棵树都仅余两三片枯叶，与寒风对抗着。当我离开那片空败的树林时，才从八岳山顶移开不一会儿的太阳，将从南横亘到西，低垂于并立的群山上方停滞不动的云块照耀得红彤彤地。然而这曙光尚无力到达地面，此刻错落在群山间的冬天枯萎的森林、田野、荒地，看上去就像被世界彻底抛弃了一样。

我时常在那枯树林的尽头停下脚步，但寒冷又令我跺着脚，在那地方转悠着。脑袋中没有任何头绪，茫然地左思右想。在不经意间，我仰头望天，只见天空不知何时已失去了光彩，正被暗色的云团彻底遮掩。直到刚才内心还期待着如火焰般燃烧的美丽霞光照耀大地，此刻一发觉天色变幻，我立时意兴索然，于是匆匆返回了疗养院。

节子已睁眼醒来。然而即便是见到刚回来的我，也仅是朝我的方向投来忧郁的一瞥。她的脸色比方才熟睡时更显苍白。我靠近枕边，一边轻抚她的秀发，一边做出欲亲吻她额头的姿势。她虚弱地摇摇头，我遂不再作声，悲伤地瞧着她。而她似乎不愿意见到我，不，应该是不愿意见到我的悲伤，于是将空洞的眼神望向虚空。

夜

只有我对今早发生的事一无所知。上午的诊察完毕后，护士长把我叫到走廊上，随后我才初次知道节子在今天早晨我未见到的情况下少量咯血，她瞒住了我这件事。咯血的程度虽然还说不上危险，但为防万一，院长要求临时加派一名随侍护士。对于这，我除了答应外也别无他法。

这段时间，我决定搬到刚好空出来的隔邻的病房。现在我就在这间虽然每个地方都和我们两人所住的房间极为相似，却又显得十分陌生的房间里，一个人，独自写着日记。然而，即使我已像这样子坐了数个小时，但这房间里依旧充满了空虚的感觉。这里好像谁都不存在般，就连灯光也透着冰冷。

十一月二十八日

我无法再继续基本上已完成的小说初稿，只好将它丢到桌上，抛诸脑后。我对节子说，为了要写完它，最好能暂时分开生活，这样会更好些。

可是，所描绘的我们那种幸福的状态，以我现在这样不安的心境，真的可以进入其中么?

我每日间隔两三个小时，就会到隔壁病房里，在节子的枕边坐一阵子。不过让她说话可不好，所以我们基本都默默无语。即便是护士不在，两人也只是彼此紧握着手，尽力不让相互间有目光的接触。

然而，我们的目光无论如何总会有相遇时，这时她就会像我们最初相识时所见到的那样，向我露出稍稍害羞的微笑。但她又飞快地转移了视线，朝上注视着虚空。看上去似乎对身处如此境地毫无半点不平，就那样宁静地卧着。某次，她曾问我工作的进展情况，我摇了摇头。那时候，她用略显遗憾的表情望着我。此后，她就绝口不问类似的问题了。这一天，和其他日子相似，没有任何事发生，波澜不惊地过去了。

而且，她连我代写信件给她父亲之事也拒绝了。

夜，直到很晚时，我仍然未做任何事，只坐在桌前。照到阳台上的灯影，随着距窗户越远而变得越幽暗。我木然地望着暗夜包围了四周，感觉就像我的内心一样。此时，我寻思着，节子可能尚未入睡，也许正想着我。

十二月一日

这时节，也不知怎么了，喜欢我那灯光的飞蛾又开始变多了。

夜晚，也不知由何处飞来的蛾，使劲地撞击着紧闭的玻璃窗。尽管那样的撞击会伤害到自己，但它们还是苦苦求生般，拼命要在玻璃上撞出洞来。我受不了这样的吵，将灯关掉，上了床。可是那发了疯似的振翅声，依旧持续了相当一段时间才慢慢减弱，最终不知所踪。明天清晨，我一定会在那扇窗户下，发现那看起来就如枯叶一样的飞蛾尸体。

今晚也有一只那样的飞蛾，终于飞进了房间里，一开始在我面对的灯旁，疯狂地绕着圈。不久，“吧嗒”一声，停到我的纸上，随即就纹丝不动。接着，又仿佛记起自己还有生命一般，突地飞起。可它应该并不清楚自己到底要做什么，过了一会儿，又“吧嗒”一声，掉到我的纸上。

这异样的恐怖，并没有令我去驱逐飞蛾，反而漠然地听凭它死在我的纸上。

十二月五日

黄昏，仅余我们两人，随侍护士方才去吃饭了。冬日的太阳即将隐没于西面山阴。夕阳斜照，使得逐渐冰冷的房间变得亮堂。在节子的枕边，我将脚搁到取暖器上，向着手中所拿的书屈体俯身。这个时候，她忽然微弱地呼唤道：“哎呀，父亲大人。”

我不禁吓了一跳，抬头望着她，只见她的目光一反常态，有异样的光芒在闪耀着。但我装出若无其事的模样，仿佛对适才她的微弱呼唤，不曾耳闻般。

“你刚才说什么？”我故意问她。

她好一阵默不作声。然而，她的双眸看起来愈发明亮了。

“那座低矮的山的左侧，有没有一小块略微被阳光照到的地方？”她似乎终于下定了决心，把手从床上抬起，指向那个方向，随后好像是要把难以启齿的话强行拖出来一般，将指尖贴在唇边说，“那儿有个影子和我父亲的侧脸一模一样，每逢这时刻，就会出现。你看，现在恰好出现了。你瞧见了吗？”

顺着她的指尖，我马上就清楚了她所说的那座低矮山的所在。不过我眼中所见，仅有在斜阳光线下显得更加突出的山的褶皱。

“已经在消失了，啊，只剩下额头部分了。”

这时，我终于看清了像她父亲额头的那块山的褶皱。那确实也令我联想到她父亲坚实的额头。“她是如此渴望见到父亲吗？以至于连这样的影子，都可以引发联想。啊，她是用全身的力量，去感受父亲、呼唤父亲啊！”

然而，一瞬之后，黑暗迅速占领了那座低矮的山，影子统统消失不见。

“你，想回家了，是吗？”我终于将浮上心头的第一句话脱口说出。

说完后，我立即不安地探视着节子的眼神。她用几乎是冷淡的目光，回视着我。不过很快，她就转移了视线。

“嗯，总觉得是时候回家了。”她用似有还无嘶哑的声音说。

我咬着嘴唇，以不显眼的步履，离开床畔，靠近窗沿。

在我背后，她用有点颤抖的声音说：“抱歉，就只刚才那阵子而已，这样的心情会立刻好转的。”

我在窗沿处环抱双臂，默默无言地站立着。群山山麓已结为一块暗色，唯有山顶显出隐约的幽光。突然，一种恍若要被紧紧卡住喉咙的恐惧感向我袭来。我迅速回头看向节子，她正两手掩面。仿佛此际会忽然失去一切似的，不安感填满我心。我快步来到床边，将她的手从脸上强行拉开。对此她未做抗拒。

节子高高的额头、有着平静目光的双眸、紧闭起的嘴唇——一切都一如既往，分毫未变，但是却比平常更令我觉得不可亵渎。而我则平白无故地感到自己胆怯如幼童。突然，我好似脱力般，筋疲力尽地跪下，把面孔埋在床沿，然后就这样长久地将脸贴紧她。我感觉到她正用手在我的头发上轻抚着。

房间里已是一片昏暗。

死亡阴影之谷

一九三六年十二月一日 于K村

几乎别离三年半而再度见到的村庄，已完全被雪覆盖。听说雪从一周前就在持续地下着，直到今日清晨才终于止住。我拜托村中年轻的煮炊手女孩和她弟弟，将我的行李装载在她弟弟的小雪橇上，拖引到我将要度过这个冬天的山中小屋里。我紧跟在雪橇后面，途中好几次差点滑倒。山谷四周的积雪，已冻结得硬邦邦地。

我租住的小屋，位于那个村子稍靠北的某个小山谷中。那儿较早前已建了不少外国人居住的别墅——据说小屋位置在那些别墅中最靠里。夏季时到此避暑的外国人都用“幸福谷”来称呼这个山谷。可是这里人迹渺渺，清寂得很，哪有一点称得上“幸福谷”

呢？举目望去，每一栋别墅此时都已被大雪掩埋，荒废弃置。我脚步缓慢地跟着姐弟俩攀爬在山谷中，常常难以跟上他们的步伐。突然间、下意识地，想到与此谷名称相反的一个名字，差点儿就冲口而出。我犹豫片刻，想把名字咽回去，但转念一想，终究还是说出口：“死亡阴影之谷。”没错，这个称呼，对这样的山谷来说最为般配。尤其对在如此隆冬时要在此处度过幽寂鳏居生活的我而言。

不间断地这样思考着，我终于来到租住的最靠里的小屋前。小屋附有一个名不副实的阳台，屋顶铺着树皮，四面的雪地上散布着不知是什么动物的脚印。在姐姐先行进入那紧锁的小屋中，把防雨窗打开的同时，她的小弟弟手指着稀奇古怪的脚印，逐一教我：“这是兔子的，这是松鼠的，那是雉鸡的。”

随后，我站在被雪埋了一半的阳台上，远眺着周围。我们方才爬上来的山谷背阴处，从阳台俯视，可看出那正是这形状优美、小巧端方的山谷的一部分。啊，方才独自乘雪橇先回去的小弟弟的身影，在光秃秃的枯树间时隐时现。我目送着他惹人怜爱的身影最终消失在下方的枯树林中。大致在眺览山谷的同时，收拾小屋的工作也应该做完了。我步入屋中，只见墙上贴的也全是杉树皮，天花板则空空如也。这比意想中的可简陋得多。不过嘛，也不至于令人有大为不满的感觉。我紧接着爬到二楼，见从床铺到椅子，每件家具都适合两人用，似乎恰巧是为你和我所预设的一样。——这么说来，以往的我是多么向往与你在这真正的山间小屋里，面对面地过着清寂的生活啊！

日暮时分，晚饭煮好后，我马上就让那个村里的年轻女孩回去了。随后我一个人把大桌子移到暖炉边，决定将写字和用餐等全部事项，都在这张桌子上进行。这时我忽然发现头顶上方的挂历，还停留在九月。于是起身揭撕，一直撕到今天的日期，做了记号，而后打开实际上已经整年未动过的笔记本。

十二月二日

北方的山好像时不时就刮暴风雪。昨日以前浅间山看上去还似乎触手可及，今天雪云就彻底覆盖了它。能够望见那山中风雪劲疾，连山麓的村子都受到了连累。尽管刺眼阳光时不时照耀，飞雪仍纷纷扬扬。偶尔雪云上升至山谷的上方，将山谷遮蔽于阴影中。朝南方向逶迤不绝的群山附近，望得见晴空一片。但山谷中依然笼罩着阴影，忽而猛烈地刮着暴风雪，忽而一转瞬间，又是明媚灿烂、阳光普照。

我一会儿来到窗边，远眺山谷那变幻莫测的景致。一会儿又快步走回暖炉旁。大概由于这个缘故，我一整天内心都感到不能安静下来。

晌午时，村子里的那个年轻女孩，身背包裹，只穿了足袋[1]，顶风冒雪而来。这个从手到脸，都受了雪冻的女孩，个性率直但又沉默寡言的特点尤其称我心意。一如昨日那般，我在她做好饭后，立即让她回去了。接下来，我就好似这天已经过去了一样，一直待在暖炉边，无所适从地开始发呆。柴火被吹来的风鼓动起火焰，噼里啪啦地燃烧着。

就这么着到了晚上，一个人吃完已经冷掉的饭菜，心情极大程度地平静了。雪似乎没造成多大妨碍就停了，不过风却猛刮起来。炉火略微变弱、柴火声也随之小了些，在这境况下，山谷外风扫过枯树林的呼啸声听上去就显得相当的疾劲。

大约一小时后，我因对炉火感到不习惯，略觉晕眩，便来到户外要透透气。在漆黑的屋外转了一阵子，渐觉面庞快被冻僵，遂打算再次回小屋里。此时，透过由屋中发出的亮光，见到飞扬的细雪仍在纷洒飘舞着。我步入小屋，再度坐到炉火边，以烘干稍稍濡湿的衣服。又一次照耀于火光中时，我不知何时浑然忘却了正在烘干衣服一事，只呆愣着，心底潜藏的某个记忆复苏了……

那是去年的此时，我们所处的山中疗养院的周围，亦如今晚这样雪花飘飞。我一再来到疗养院门口，翘首等待着被电报唤来的你的父亲。快到子夜时，你父亲终于赶到。然而你仅仅向父亲

---

① “足袋”本为古汉语名词，指“丫头袜”。后与木屐一起传入日本，在日语里变成专指大脚趾与其余四趾分开的袜子。

报以一瞥，刹那间唇边浮起一个都不能称之为微笑的笑容。你父亲默然无语，怔怔地凝视着你过度憔悴的脸，有时还以不安的眼神望着我的方向。我只能装作没有瞧见，目光停留在你身上。随即，我突然发觉你的嘴唇嗫嚅着什么话，我挨近你，你用几近于无的细声，向我说："你的头发上有雪。"

如今，我孤寂地蹲坐于炉火边，恍似受到那些骤然苏醒的记忆诱引般，下意识地将手伸到头发上，只觉得头发仍旧潮湿、冰冷。在我这样做之前，竟完全不曾注意到头发上的雪。

十二月五日

这数日间的天气，出奇地好。清晨里，整个阳台都是阳光，也无风，又极温暖。像今日这样的早晨，我会将小桌子小椅子搬到阳台上，面对尚未脱离积雪覆盖的山谷，享用早餐。一边进餐，一边则在想：一个人身处此地，真是颇为可惜。突然，无意中望了望眼前枯萎的灌木根，只见不知何时来了雉鸡，恰好两只，正在雪地里咯咯咯地绕行寻找食物。

"喂，来看呀，雉鸡来了！"

我想象着仿佛这小屋里你也存在。我低声喃喃自语，一动不动、屏息静气地瞧着雉鸡。甚至还害怕你稍不留神发出了吓到雉鸡们的脚步声。

正在那样想象的时候，也不清楚是何处的小屋屋顶上的积雪，塌落下来，响声在山谷里回荡着。我禁不住大吃一惊，怔怔地望着两只雉鸡好似从我脚底飞起来般快跑而去。几乎同时，我内心清晰地感觉到你就和往昔遇到这类情况时的老习惯一样，站在我身畔，什么也没说，只是大睁着双眸，凝视着我。这令我百感交集。

午后，我首次离开山谷的小屋，在大雪覆盖的村子里步行了一圈。对于我这个只见过村子夏秋之际的人来说，此时那些被雪埋覆的森林啦、路啦、封顶的小屋等，哪一个望上去都颇感熟悉，可是绞尽脑汁也无法记起它们先前的样子。以前，我喜欢沿着水车道散步，现在，不知不觉间这里又建了一座小小的天主教堂。教堂由精巧的实木所建造，从被雪覆盖的尖形的屋顶下，露出了早已泛黑的板墙。这些都令我对这一带愈发感到陌生。

随后，我来到以前经常带你去散步的森林，踩过仍然积得很深的雪，努力朝里面走。过了一阵子，一棵似乎曾见过的枞树映入了眼帘。不过靠到近前看时，在枞树中便会发出尖厉的鸟鸣声。我在树前停步，一只生平未见过的、身上带青色的鸟儿，似乎受到惊吓般，拍打着翅膀急急飞起，转移到另一树枝上。接着又像是冲我挑衅一样，再次嘎嘎鸣叫起来。我对此景感到意兴阑珊，便离开了那棵枞树。

十二月七日

在礼堂旁边，在冬日枯萎的树林中，我突然隐约听见两声布谷鸟的鸣啼。那啼声感觉远在天边，又好像近在眼前。于是我扫视着附近的枯草丛、枯树，还有天空，然而啼鸣声再也不曾听见。

我回忆着，认定是我听错了。不过在那之前，周围的枯草丛、枯树、天空，已在我心里鲜明地复苏了，仿佛彻底回到了令人怀念的夏天……

然而，那三年前的夏天，我在这个村子中曾拥有过的全部，如今都已彻底丧失，没有半点残余。我确切地明白，现在的我早已是一无所有了。

十二月十日

这几天，也不知怎么了，你曾经鲜活的音容，一直未在我心中复苏。因此，身处如此的孤寂中，我几乎已不能忍受。早上暖炉里堆积的柴火，就是迟迟无法点燃，最后我焦躁地起身，将它们弄乱搞散。唯有这样的时刻，才会突然又感到你正担忧地站在我身旁。——随后我得以恢复心情的宁静，重新将柴火码放好。

又比如在午后，我打算去村子里略微走走，遂走下山谷。因为这期间积雪正在消融，路况很差，鞋子很快就因泥泞的缘故而变重，行路愈难。所以毫无办法的我，只能在走到半路时便返回了。当来到冻雪仍然未化的山谷时，不禁松了一口气。不过，接下来要爬的那条通往小屋的，让人气喘吁吁的上坡路，令我为难了。于是，我试图鼓舞自己阴郁暗沉的心："即使走向死亡阴影之谷，我也不怕遭害，只因你我同在。"[1]这样一句从记忆中依稀忆起的诗句，我将其默诵给自己听。然而，这诗句却愈加增添了我的空虚感。

十二月十二日

傍晚，我沿着水车道走到小教堂前，见那里有个工友模样的人在朝雪地上细心地撒煤渣。我走近他身旁，随意地聊起教堂在冬天是不是也会一直开放等事情。

"说起来，今年大概再过两三天就要关门了。"那工友撒煤渣的手稍稍停了停答道，"虽然去年冬天一直开放着，不过今年由于神父要到松本去。"

"冷成这样的冬天，这个村子还有人信教吗？"我有些冒失地问。

"基本上没有。一般来说，每天都是神父独自在做弥撒。"

当我们就这么站着谈话时，那位据说是德国人的神父正好从外头回来了。这回变成我被这位日语还不太流利、但态度亲切的神父拉住，聊了一阵子。最后，他可能是对我的回话有所误解，热情地再三劝我："明天是星期日，做弥撒时请一定要来。"

---

① 出自《圣经 · 旧约 · 诗篇》第 23。

十二月十三日　星期日

上午九点，我心中不带任何祈求地来到教堂。祭坛前，小蜡烛都已点燃，神父与一名辅祭人员正在进行弥撒。我并非信徒，也不知道该如何应对，只能尽力保持静默，坐到最靠后的草编椅上。在眼睛慢慢适应了教堂的昏暗后，我望见一位全身黑色装扮的中年妇女，跪在此前我一直认为无人的最前排信众席的柱子阴影下。我随即注意到那妇女应该在那儿跪了颇长一段时间，顿时，我的身体真实地感受到了礼堂中冷彻透骨的寒意。

弥撒接着又持续了一个小时左右。到尾声时，我瞧见那妇女突然取出手帕遮在脸上。出于什么缘由，我也弄不清楚。弥撒紧跟着也终于结束了，但神父并没有转身面向信众席，而是径直走进侧旁的小房间内。那妇人依旧一动不动地待在原处。我则在那时候，一个人悄然走出了教堂。

当日天空略显阴沉。此后我在积雪开始消融的村子里，心不在焉地漫然徘徊着。我来到往昔经常同你一块儿绘画、正中挺立着一株显眼的白桦树的草原，怀念般地把手紧贴在根部尚存残雪的白桦树的树干上。就这样长时间地站到指尖几近冻僵时。然而，你于彼时的身姿，却已不复再现于目前。我最终还是别离了那里，心怀不可言说的寂寞，穿越过枯树林，一鼓作气登上了山谷，返回至小屋。

我一面喘着粗气，一面不由自主地坐在阳台地板上。便在那一刻，忽地，我朦胧间感觉到你正在接近心烦意乱的我。但我故作不知，怔怔地以手托腮。可是我依然感受到了你活灵活现的存在，就好像你的手，正习惯性地轻搭我的肩头上那般鲜活。

“饭已为您准备好啦。”

耳畔传来了村里的那位女孩唤我用餐的声音，她在小屋中应该等我挺长一段时间了。我顿时被拉回到现实中，一面想着就不能再多给我片刻安宁吗？一面流露出往常所没有的不快神情走入屋内。随后也不和女孩说话，像平时那样坐下，独自开始进餐。

快到傍晚时，我的心情仍然颇为不快，便将女孩打发回去。但随后不久我就有点后悔了，只好再度无所适从地来到阳台。于是又和先前一样（然而这次你已不在……），怔怔地俯视着依然残留有较多积雪的山谷。瞧不清是谁正缓步穿过一株株枯树，一面四处张望着山谷，一面渐渐靠近我这边。我一边猜想他到底从哪儿来，一边尽力注视着。好像是神父，他正在寻觅我的小屋。

十二月十四日

昨日黄昏，因我与神父约好了，所以今天我去了教堂拜访。由于神父即将动身前往松本，所以明天教堂就会关闭。神父一边和我说这件事，一边频频向收拾行李的工友叮咛着什么。后来，他又不停念叨着原打算在村里收一个信众，如今因为要起程的缘故，不能做到了，真是遗憾。我顿时想起昨日曾于教堂中见到的那位极可能也是德国人的中年妇女。于是我就想向神父打听那位妇女的事。可是又担心神父会误解我的话，以为我最终还是在谈与自己有关的事。

我们之间不搭调的谈话，时常中断，慢慢便停止了。这样，我们就只好无言地相互沉默。在烧得过热的暖炉旁，透过窗户的玻璃，我眺望着有细碎云朵飞过，朔风虽强却明媚的冬季天空。

“这晴空真是美极了。若非在如此寒风的日子里，只怕还见不到。”神父以淡然的口吻说。

“的确，若非在如此寒风的日子里。”我像鹦鹉学舌一样回应着。同时觉得适才神父无意中说的这句话，已神奇地拨动了我的心弦。

我在神父那儿待了一个多小时后，回到小屋，见早前订购的装有里尔克[①]诗集《安魂曲》的小包裹已经寄到，还有其他两三本书。包裹上贴着很多转寄标签，看样子是辗转多方，好不容易才寄到我目前的地址。

夜里，就寝的准备都完毕后，我坐在暖炉旁，不时留意着风声，开始翻阅里尔克的《安魂曲》。

---

① 莱纳·马利亚·里尔克（1875—1926）：奥地利著名诗人，以德语创作，作品中充满孤独痛苦情绪和悲观虚无思想，对现代诗歌的发展产生过巨大影响。

十二月十七日

再度下起了雪。从今天早上就几乎无休止地持续着。随后，我眼前的山谷，便恢复到一片雪白。如此一来，就进入了严寒的隆冬。今日我全天守在暖炉旁，有时一念兴起，遂至窗边呆呆地观赏银装素裹的山谷，而后又立即折回暖炉边，阅读里尔克的《安魂曲》。迄今我仍不愿让你安静地离去，也无法停止对你的寻求。我脆弱的内心强烈地感受着类似于懊悔的情感。

我拥有逝者，任由他们远去，
并惊异地发现，他们有别于传闻，
那么迅速地便温驯于死亡，那么快乐。
只有你——你返身归来，
掠过我身畔，踯躅，
试图触碰什么，以使它鸣响，
显示着你的归来。
啊，我耗费光阴所学会的一切，请不要夺走。
我已猜对，你正迷途，
因为某件事物而起了怀乡之愁。
即便那事物就在眼前，
实则也不在此处。只要我们看清了它，
它就只是我们存在的映照。

十二月十八日

雪终于停了。这是个好机会，我步入先前从未涉足的后方的树林，一步步越行越远。不清楚是由哪棵树上时不时地发出声响，崩落的雪花洒下飞沫，我置身雪沫中，兴致盎然地从这片树林步行至那片树林。林中当然毫无人迹，雪地上处处留有野兔蹦蹦跳跳的脚印。另外还不时能见到应该是雉鸡脚印的痕迹，从道路上不时穿过。

然而无论走多久，树林似乎永无穷尽，望上去像雪云的东西在林子上方舒卷扩展。因此，我放弃了继续深入的念头，由半道折回。可是，我像是完全迷了路，不知觉间，已寻不着自己的脚印。我的心有些慌了，在积雪中努力蹚出一条路，拼命飞奔向自己小屋所在方向的树林。正是这一时刻，我留意到背后不知于何时起，传来一个确确实实不是我自己发出的、额外的脚步声。只是那脚步声轻微得几不可闻。

我一次也不曾回头，急速地飞奔过树林。心里沉积着如同被揪紧般的感觉，听任昨日刚阅读完毕的里尔克《安魂曲》里最末数行诗，冲口而出：

不要归来，倘若你能忍受，

劝你与亡者共处，亡者自有其重任。

但请你帮助我，愿你不致为此而分神，

正如远去之物，常常助力于我——在我心间。

十二月二十四日

晚上，我受邀前往村里那个女孩的家中，打发掉了寂寞的圣诞节。尽管这样的寒冷使得村子一入冬便人迹渺渺，但因为夏季时大批外国人蜂拥而至，所以村中普通人家都效仿起外国人的习俗，并乐在其中。

九时许，我一个人从村里回来，路过反射着雪光的谷阴处。正当走到尽头的枯树林时，突然，我注意到一束弄不清是哪里来的微弱光亮，正照射在路旁覆满雪的一片枯草丛上。我一面对光束能照到此地而惊讶，一面扫视零星分布着别墅的狭长山谷。亮着灯光的屋子只有一家，望过去十分像我的小屋，因为光源处正是山谷的最上方。“原来我一个人住在那样的山谷上啊！”我一边这么想着，一边缓缓地爬上山谷。直到此刻为止，我完全不曾留意到小屋的灯光居然会照射到下方的树林里。“瞧……”我不停地对自己说，“瞧这儿，还有那儿，在几乎将山谷淹没的雪上，到处都是星星点点的微光，全是我那小屋的灯光所产生的……”

我终于爬上山进入小屋，马上就走到阳台上，意欲再次细观这小屋的灯光究竟能将山谷照到多亮。然而从这里望去，那灯光在小屋的周围也只不过是投射出相当微弱的光亮。这样微弱的光随着与小屋的距离越来越远，而渐显幽翳，最后彻底融入了山谷间积雪所反射的亮光中。

“竟然这样。看上去那么大片的光，从这里望过去却只有这么点吗？”我有点泄气，自言自语着。即便如此，当我目不转睛地凝视着那灯光的影子时，脑海中突然浮现出这样的想法：这个灯光的影子，不就像我的人生一样吗？我以我的光亮，照耀着周围的人，本以为这光就只有那么一点儿，其实却和这小屋的灯光相似，比我想象中的更多。光亮并不会理解我的意识，然而却无意中延续了我的生命……

这个念头真是意想不到，为此我长时间地站在那投映着雪光的寒冷阳台上。

十二月三十日

真是安静的夜晚。今晚我又再度听凭思绪在心中起伏：

纵然我并不比普通人幸福，但也并未比普通人更不幸。那样的幸福到底是什么，曾经使我们焦虑过，但现在则是若要忘却，便能立即忘却的东西。反过来而言，大概如今的我更接近于幸福的状态。无论从哪个角度讲，如今我的心境，只不过稍稍有些悲伤。话虽如此说，却也并非全然的愉悦。像这样无所适从地活着，或许当中亦有我但求独居、不问世事的原因。性格懦弱、没出息的我竟能够如此行事，实在是由于你的缘故。但是节子，我直至目前为止，一次也不曾将自己这样的独居，想象成是因为你的缘故。我一直以为这条路是我为了自己而刚愎自用做出的决定。或许其中也凑巧有你的原因在，不过，我也绝不怀疑这是自私的结果。我是否已经对你给予我的奢侈的爱适应了呢？乃至于竟将这爱看成是我一个人独享的。而你就是那样不计回报地把爱给了我吗？

这样的事我一直思考着，突然似乎想起了什么，起身来到小屋外，随后与平日里一样，伫立在阳台上，听着从山谷背面传来的大风呼啸声。这风恍若吹自极遥远之地。后来，我就这样继续伫立于阳台，就像是特意要听那远方的风声一般，侧耳聆听着。横亘在我前方的山谷中的所有事物，刚望过去时只是微弱雪光映照下的模糊一块。但在我并不刻意地望了相当一段时间后，弄不清是我的眼睛习惯了，还是我的记忆不知不觉间弥补了它，它的线条、形状，都在黑暗中一一地慢慢浮现。我感到所有的一切都变得那样亲近，这个所谓的、被人称为“幸福谷”的地方——没错，只要在这里久住习惯后，我也一定会和其他人一样，感觉这里确实可称为“幸福谷”。此地，在山谷的另一侧，狂风呼号，唯有这里真的十分安静。有时从我所住小屋的后方，会有细微的摩擦声传来，那应该是远方吹来的风而引起的枯树枝丫互相触碰的声响吧。那风儿的余势，偶尔还会使我脚边的两三片落叶被吹到其他落叶上，沙沙地发出轻微的声响。

菜穗子

榆树之家

第一部

1926 年 9 月 7 日 写于 O 村

菜穗子：

我写下这本日记，希望未来的某一天你可以看到。

或许，在我死去多年后的某一天里，我会突然感到懊恼——为何未曾与沉默的你好好地促膝交谈一番呢？因而，我提笔写下这本日记。祈祷着有一天它可以与你不期而遇——虽然，它定将长久地被我封存在这山屋中的某个不起眼的角落里……直至数年后的某个深秋，或许是因为，你顿然想起了曾经孑然孤住在这深山之中的我时，内心升起一丝悲悯和怀念，于是决意前来小住一段时间。

但愿你来时，这山屋中一切亦静默如初。如此，你就能像我一样，在我曾独自无数次地阅读过、编织过的榆树荫下的长椅上弯腰坐下；像我一样，在清凉的夜里，挨着暖炉旁坐下，静静地待上好几个小时……又在这样的某个夜里，你无意间来到我曾居住过的、位于二楼的房间，在房间的某一隅偶然发现了这本关于你的日记……

随后，你将重新认识我——除了作为你的母亲之外，更是一个有着诸多过失而真实存在的普通人。而你，却能够因为我的这种真实，爱我更深一层……

即便如此，我仍然不明白你为何一直决意逃避与我交谈。大概是你，或是我，做了某些事情，深深地伤害到了彼此吧？如果近来因为我的这种苦闷和压抑，使得你们兄妹俩也无一幸免地被殃及到了的话，我深感自责。这种苦闷日渐浓烈，以致我惶惶不可终日，担忧着是否正有某种难以预料的悲剧悄然向我们靠近。又或许，它已然充盈在你我身边，只不过，对于这一切我们暂时浑然不觉而已。

这种暗藏在看似风平浪静的年岁里的悲剧所带来的影响，经年累月，正逐渐变得刺眼起来。事情的真相到底是怎样的，我不得而知。但恐怕，它已悄无声息地在我们身上印证着什么；这东西到底是什么，我亦无以名状，但却能够真切地觉察到它的存在。正因为如此，我希望能够通过这本日记，来一探其究竟。

我的父亲曾是一名知名的企业家。但在我还只是个小女孩的时候，他就在生意上经历了不可逆转的失败。后来，我的母亲为了我的前途着想，便竭力将我送进了一所那个年代里非常盛行的教会学校。在这种境况下，母亲的唠叨自然始终是不绝于耳的——“即使你是女孩子也不能松懈！好好念书，考个好成绩，毕业之后好歹去国外留个学什么的也行呀！”然而，毕业不久的我很快就成了三村家的人——我嫁给了你们的父亲。大概是因为从小就被母亲那样耳提面命，所以年少的我对于“出国”这件事情，有着格外的一种恐惧。因此，彼时的我十分庆幸自己终于可以不必出国了。

但与此同时，三村家也几近面临衰败。

那时候，三村家中的一位爷爷正值晚年。终日优哉游哉的他，没想到一心痴迷起文玩古董来，家业也就很快败落了。为了重持家业，我和你们的父亲只得终日奔波和操劳。二三十岁的那些日子里，我们一刻也没敢松懈，只得没日没夜地辛苦劳作。终于，日子眼看着一点点好了起来，正当我们想好好地松一口气的时候，你们的父亲却终于因为积劳成疾，轰然病倒了。

那一年，你哥哥正雄十八岁，你十五岁。

事实上，在那之前我从未想过你们的父亲会先我而去。年轻时候的我甚至设想过：若是我比你们的父亲先走一步，那么他将会多么地孤单呀。然而即便如此，最后，命运之神也还是只丢下疾病缠身的我和你们俩在尘世。在最初的那段日子里，我经常感到茫然不知所措，终日在恍恍惚惚中度过。

在这个过程中，我也终于清晰地体会到，自己就像是突然被人遗弃在废弃的城堡里一样，只能呆呆地站在原地，任由一种无边的孤寂侵蚀着自己。这份突然降临的灾难，对于当时尚且不谙世事的我来说，着实是当头一棒，让我狠狠地领教了一番“世事无常”。

而你们的父亲在去世之前对我说过的那句——“只要活着，就总会看见希望”，对于当时的我来说，也不过是一句不切实际的空谈罢了。

你父亲生前基本每到夏季，就会带着咱们去到位于上总的海岸。不过由于工作的缘故，最终他独自一人留在了那里。你父亲酷爱山，所以每每赶上有一整周的休假，他就要驱车前往去信浓。也不爬山，就只是独自自驾前往信浓的山脚下兜兜风……也许是经常去的缘故，那时候的我反倒更喜欢海多一些。

不料就在你父亲故去的那一年夏天，我竟突然一发不可收拾地也爱上了山。对于你们小孩子来说，这听着可能实在有点过于无聊了。但我却极其期盼能够独自居住在这孤山之中，远离人群、悄无声息地度过一整个宁静的夏天。

与此同时，我偶然间想起你父亲生前总是对之赞不绝口的、位于浅间山麓下的O村。据说那儿以前曾是个小有名气的驿站，可自打通了铁路之后便渐渐衰落了，以至于到现在也就仅存二三十户人家而已。

不可思议的是，我竟突然被这样的O村深深地吸引了。

你父亲第一次去到浅间山麓已经是很久以前的事了。那时候他总会到一同位于浅间山麓下的外国传教士的部落“K村”去。但有一年夏天，你父亲在这度假时，正巧突然遭遇了山洪暴发，K村一带几乎全部被淹没。因此，你父亲和同在K村避暑的外国传教士们只得来到了间隔不远处的O村避难……从那以后，你父亲他们便不得不离开昔日繁盛的环境，不得已来到这完全沉寂、但却透着一股莫名的清净和祥和的O村中来。

孰料，在这儿短暂居住了一段时间之后，你父亲却无比开心地感慨道：“从村庄里眺望远近的群山，着实是一件不胜惬意的事啊！”自此，他便深深迷恋上了这里，几乎每一年夏天都会到O村小住。约莫又过了两三年，那里慢慢地建起了别墅。你父亲笑着跟我说，可能是因为那场山洪，所以偶然来此避难的人当中也有相当一部分像他一样喜欢上了这里吧。

不过，虽说是清净，但也着实寂寞得很。外加诸多的生活上的不便，入住两三年后又被空置下来的别墅也不在少数——即便如此，我和你父亲还是认为，不方便是不方便了点，但倘若能在这儿买下这样一栋别墅，然后按照自己喜欢的模样好好修葺一番，然后一家人住进去也不失为一个不错的选择呢。

于是我下定决心，开始托人帮我们挑选合适的房子。

终于，我选中了一栋种有数棵大榆树、屋顶铺满杉树皮的山中小屋，总面积约合五六百坪[①]。房子的表面看起来显得有些饱受风霜，但屋内却崭新得很，居住起来比我预期中还要舒服。不过，唯独令我担心的是，对于你们两个小孩子来说，这里会不会太过于无聊了点？

然而，事实证明山中的一切在你们眼中都新奇无比。你们时而采花、时而逮虫，玩得不亦乐乎。薄雾之中，黄莺、山鸠等各种鸟儿总是在山间交相鸣唱，就连不知名的小鸟儿也抢着用它婉转曼妙的嗓音不停地啼唱着，像是生怕我们没注意到它的存在似的；驻足在小溪旁边、慵懒地吃着桑叶的小山羊们，看见我们也不认生，乖巧亲近地走了过来……

看着与小山羊开心嬉闹的你们，我的心中却黯然涌起一种无以安放的哀伤。那是一种不安的哀伤——我的人生若是失了这一切，将只空留一片无际的黑暗吧……

就这样又过去了数年。正雄终于考进了大学的医科专业。

对于未来要做什么，我向来放手让他去做。就连正雄攻读医科专业这件事，我也一直以为是其兴趣所致。直到后来，我才突然间发现那不过是他基于物质现实上的权衡之后做出来的选择罢了。为此，我的内心悲痛不已。我以为我已经将当下这种拮据且

① 坪：为日本面积单位，1 坪约为 3.3 平方米。

难以为继的家庭财务问题小心翼翼地掩饰得很好，但没想到我的这份担忧却在不经意间悄悄传递给了你们。因此，正雄觉察到这一点后，便一直记挂在心。

正雄到底是个敦厚懂事到令人心疼的孩子，而作为妹妹的你却从小任性要强，一有什么不合心意就一整天都不理人。这样的你，慢慢让我感到窘迫和无奈。起初，我曾乐观地认为——也许随着年龄的增长你会越来越像我，并且终有一天你能明白我的苦衷呢！但慢慢地，我不得不承认“你像我”也不过是像我表面的那部分而已。甚至咱们俩的意见难以一致时，我也通常是从感性角度出发，而你却总是出于理性的考量。这，大概就是你我总是背道而驰的根本原因吧……

正雄在大学毕业后，便很快进入 T 医院做了医师助手。那一年，也是你我二人单独去 O 村避暑的第一年。而此时，你父亲生前熟识的旧友们也已经陆陆续续来到了邻村 K 村避暑。

其中某一天，你父亲生前的同事邀请我去参加一个茶话会，于是我便带着你，一同去了那边的一个酒店。由于当时茶话会还没有开始，早早到来的我们便在走廊里静静地等待。不料，这个过程中我竟在走廊意外地遇见了教会学校的校友——安宅先生，此时的他已然是一位小有名气的钢琴家了。我看见他时，他正与一位大约三十七八岁、高个儿、瘦削的男人站着闲谈。我认识这位先生，曾经和他有过一面之缘，他叫森於菟彦。那个人虽然比我小五六岁，至今单身，但绝对堪称是“brilliant”（灿烂的）的典范，当时的我根本连与他交谈的勇气都没有。我们俩就像是两个粗俗无礼的家伙，只能远远地眺望着他们侃侃而谈……不过，森先生似乎看穿了我们的这种心思，在安宅因事短暂离开之后，便主动走过来与我们三言两语地攀谈了起来。他的语气是那般的温和，丝毫不曾让我们感到窘迫。

渐渐地，我也开始放松紧绷的心情，与之愉快地交谈了起来。聊起O村，森先生好像十分感兴趣。于是问我是否介意约上安宅先生一块前来拜访，并坚定地说“如果安宅不去的话，我自己也会过来”。言语之中，绝不像是一时冲动。

一周后的某个午后，我在别墅内隐约听见一阵轰隆隆的汽车声从杂树林中传来。我正奇怪这种连车辆都没法儿进来的地方，怎么会有人开车进来呢？会不会是谁走错路了？正想着，便马上挪步到二楼的窗户旁低头往下看，却看到森先生正从卡在杂树林中动弹不得的汽车上下来。他抬头望了一眼我所在的窗户，但因为窗户正好被一根榆树枝遮挡住了，而且庭院和他所站的位置之间，恰好是一片盛开着细细碎碎花朵的、繁茂的灌木丛遮掩，所以他并没有立刻注意到我——这位走错了道路的先生，试图径直地向我们的房子里面走来，但却因为这些丛林的层层遮挡，迟迟没能成功。或许是我不解风情，当时的我心想，“或许，他也正为自己的贸然造访而暗自犹豫呢。”

我从楼梯上走了下来，一边收拾着散乱的茶几、一边装作一副若无其事的样子等着他。直至森先生终于出现在了大榆树下，我这才一副刚注意到他的样子，佯装慌忙地从屋里走出去迎接他。

“我好像开错了地方……”

他笔直地站在我的面前，并时不时扭头望向茂密的灌木丛。树林之间，隐约可见汽车的一部分车身，一阵阵汽车的嗡嗡声不断从中发出。

我正想着，不管怎样总之先把他安顿下来，然后再去把正在邻居家玩耍的你给叫回来。不料，从刚才开始一直就显得有点怪异的天气，此时竟突然阴沉了下来，一副马上要下暴雨的样子。

“我约了安宅先生，但他说‘今天这天气看样子要下暴风雨，还是先算了’……看来真是被安宅先生说中了呀……”森先生一副苦恼的神色，不禁为这古怪的天气担心起来。

眼前这片杂树林上方正笼罩着一层厚厚的、犹如旧棉花一样的云团。一道闪电下来，云团瞬间就被撕开了一道长长的裂缝。顷刻间，那边就响起了恐怖的雷鸣声。随后屋顶上方就像被数不清的小石子儿狠狠砸中了一般，瞬间便下起了倾盆大雨。

我俩就这样面面相觑、亦无可奈何着，似乎过去了异常漫长的时间……刚才好不容易才关掉的汽车的引擎声，此时又突然像猛兽般咆哮起来。

我们的耳朵里，不时传来枝丫被折断的声音。

“听着像是断了不少树枝呢……”

“是啊，也不知道是不是我们家院儿里的树……”

闪电的光不时地照亮着那些被折断的灌木。

电闪雷鸣仍持续了一段时间后，前方的杂树林上面终于隐隐约约透出一点光来，我们都不觉地松了一口气。树叶在阳光的照射下也渐渐变得透亮起来。

此时，屋顶上方突然又传来一阵噼里啪啦的巨响，我们不禁不约而同地看向对方——哦，原来那是榆树叶上的水珠滴落在屋顶上的声音……

“雨好像停了，我先带您到附近走走吧。”

说着我轻轻起身，朝外面走去。接你回来之前，我先带他到村子里转了转。

这时候，村里正值开始养蚕的旺季。成排的房屋一共不足三十栋，他们中的大多数都已经开始倾斜，基本面临着倒塌。能环绕着这荒废的房子顽强生长的，也就只有大豆、高粱了。

此情此景倒恰似应和了我们此刻的心情。一路上，几个扛着一摞摞桑叶的小姑娘，顶着脏兮兮的小脸与我们擦肩而过。

终于，我们来到村子的一条岔道上，此时浅间山的北面仍被乌云遮住，但依稀可见几处开始泛红的部分。而南面这边却已完全放晴。此时的山，看着比平常更加的近在咫尺了，上面好像挂着一卷轻飘飘的残云，一切仿佛是那般的触手可及……

我们安静地站在那儿，一缕清风拂面而过。正在这个时候，眼前的那片松树林和高耸的山巅之间，犹如事先安排好了一样，竟若隐若现地挂起了一条斑斓的彩虹。

“好美的彩虹啊……”我从遮阳伞里仰望着彩虹，情不自禁地赞叹道。

森先生站在我身旁，抬头望着这绚丽的彩虹，脸上挂着一种平稳却难以掩饰的兴奋。

过了一会儿，一辆闪着车灯的汽车从村子的小道上驶来。颠簸之中，有人朝我们的方向挥了挥手，我看到坐在车上的是你和邻居家小明。他手上正端着一台相机，你低头跟他耳语了些什么，他便将相机侧身对准我身边的这位先生。我也不去斥责，看着你们那副嬉皮笑脸的孩子样儿，真是拿你们没办法。森先生倒是全然不在意，用手杖杵杵脚边的青草，不时地跟我有一搭没一搭地闲聊着，任由你们在那边胡乱瞎拍。

往后的三四天里，每至午后，天空便必定要下上一场阵雨。而每一场雨也无一例外地伴着贯耳的雷鸣。我呆呆地坐在窗边，隔着榆树，像是入了迷似的、直直地凝视着窗外杂树林的上方时而闪现出来的可怕图像……好奇怪，之前的我明明那么惧怕打雷。

翌日，山中的雾气愈发地浓烈了起来，使得附近的山体终日看不太清楚。

第三天的早上，村庄仍旧笼罩在浓浓的雾气里。直至临近正午的时候，一阵西风吹来，天空这才逐渐开始放晴，让人不由地感到心旷神怡。

两三天前，你就一直嚷嚷着想去K村玩。我以天气不好为由拒绝了你。那天你又央求着要去，于是我对你建议道："我今天有点累，不太想去。要不你叫上小明陪你去吧。"一开始你略微嗔怒着说："那我不去了。"不过，午后你的心情好像又突然好了起来，高兴地约着小明一块出去了。

但不到一个小时你们就回来了。我很奇怪，你明明那么想去K村，怎么这么早就回来了？只看你一脸不悦，小脸涨得通红，连向来精神头儿十足的小明看上去也闷闷不乐。我猜，你们之间一定是发生了什么不愉快的事。那天小明没进来我们家，直溜溜地跑回家去了。

那天晚上你主动跟我坦白了白天的事。你说自己一到K村，就心血来潮要先去找森先生。你让小明在酒店门口等着，随后独自一人跑了进去。因为那会儿刚过午餐时间，酒店里一片安静。你没有看到服务生，于是跑去前台，找一个正在打瞌睡的、穿着西装的男人要了森先生的房间号后，就一个人上了二楼。你敲响了那个房间，森先生回应了一声之后，门就被打开了。

也许他以为是服务生，就依然自顾自地躺在床上看书。直到发现是你，这才吓了一跳，赶快从床上坐起来。

"您在睡午觉吗？"

“没有，只是稍微躺着看看书而已。”

随后他盯着你身后看了看，这才反应过来道：“你是一个人来的吗？”

“是的……”你感到有点难为情，边说着边往房间朝南的窗边走去。“山百合可真香……”

于是，森先生也从床上下来，站到你旁边道：“但我一闻这个味道，就会头疼呢。”

“我母亲也不喜欢百合的香味……”

“是吗？您母亲也不喜欢啊……”

那位先生不知为何只这样淡淡地应了一句。你为此感到有些愤怒。

就在这时，你注意到隔着缠满爬山虎的亭子的西面栅栏边上，小明正拿着相机若隐若现地躲闪着。分明约好在酒店外面等着的，怎么冷不丁跑到酒店的亭院里来了？你心里原本就藏着的几分怒火，这回便完全转移到小明身上去了。

“那不是小明吗？”他注意到你的神情，随即意味深长地注视着你。

你瞬间红了脸，逃也似的跑出了房间……

听完我想：果然是个小孩子啊。看来，你之前表现出来的、那些看似老成的样子不过是我的错觉罢啦。而至于你为何会“莫名其妙”地害羞和恼怒，当时的我并没有进一步询问和细想。

几天后，东京传来电报：“正雄突患肠炎，卧病不起，急需一人回京看护。”于是你便只身回到了东京。

你刚一离开，森先生的来信便接踵而至。

前段时间，多亏了您的百般照顾。

最近，我也深深迷恋上了O村。甚至设想，若能隐居于此，实乃吾辈三生有幸。

近来我的内心涌现出一股不可思议的兴奋，仿佛像是突然回到了二十四五岁。尤其是和您一起仰望彩虹时，我心中那些郁结已久的困顿与黑暗似乎瞬间豁然开朗了起来，甚至还萌发了自传小说的新灵感。

明天我就要回东京了。改日还想再见见您，与您好好聊聊天。

另外，前几天我见到令爱了，不过她很快就跑回家去了。不知她近日是否安好？

若我读信时，你恰好也在旁边的话，这封信肯定会被你理解成为别有深意的一封信吧。但当时只有我自己在，所以对我来说，那不过是一封再普通不过的问候信罢了，什么也说明不了。所以，我看完便随手将它和其他邮件一同丢到桌上了。

这天下午，小明来家里了。得知你已独自回京，却没有提前跟他打招呼，他很是沮丧。可能是觉得这一切都是因他而起的吧，也没有进家门，便垂头丧气地回家去了。小明真是一个善良的孩子呀，可惜从小就痛失双亲，性格里多多少少有些过分敏感了。

近日以来，秋意渐浓。

清晨，我总是独自凭靠在窗前，任由思绪漫无边际地弥漫开去。而那些已然朦胧的往事，竟如同眼前——这平日里只能从杂树林间隐约看见的山褶一样，逐一变得鲜明起来。在这绵长的追忆里，懊恼和悔恨不断侵蚀着我的内心。

黄昏，南边总是点光闪烁，但并没有雷声。我总是像从小喜欢的那样：微微托着腮，额头轻轻抵在窗户玻璃上。一张呆滞而苍白的脸颊，随之模糊地打在窗户的玻璃上……我透过玻璃，呆呆地注视着远方，仿佛永远也看不腻似的……

入冬以后,我偶然在一本杂志上读到了森先生新写的小说——《半生》。

那大概就是他所说的，“从O村得以启发”的作品吧。虽说是以自己的“半生”为原型而写的自传体小说，但实际也不过是记述了自己童年时期的一些往事罢了。不过，单凭这一小部分，也足见他对于自己到底想要写些什么还是十分清晰的。

在这部小说里，我读到了一种他以往作品里前所未有的、难以言喻的忧伤。我不禁怀疑，这份从未显现的忧伤是否一直以来就深深地潜藏在他的作品里，只是被他以一贯的“brilliant”（灿烂的）的腔调所刻意遮掩掉了？对他来说，那实在是一件极其痛苦的事吧？我不禁暗暗祈祷这部作品可以如期顺利地完成。而这部《半生》的前面部分如此仓促地发表出来，也让我不禁为他暗自担心起来，甚至预感这位先生的前途是否将由此变得困难重重？

次年二月底，我收到了森先生寄来的新年以来的第一封信。信中说，没有及时回复我的新年贺卡，他感到很抱歉。并解释说自从去年年底以来他就深受神经衰弱的困扰云云……与信件一同附寄的，还有一张从杂志上剪下来的纸条。我漫不经心地将纸条摊开，发现那是一则写给年长女性的恋爱诗。我正诧异他为什么要把这种东西寄到我的手上呢？就无意间瞥见了最后一行——“寂寂吾身悲戚处，念念萦心是君名”……读着读着我突然想，这会不会是特意写给我的？想到这儿，我起初为自己方才的想法感到无比羞愧——继而亦未能免俗地想，如果真是这样的话，那可真是叫人困扰呀。为什么他不将这份感情偷偷地封存在心里、不让任何人知晓呢？这样的话，也许这份感情便能在不知不觉中被忘却和埋葬；又是为什么，他要将这种善变的感情、以这种委婉的方式向我袒露呢？我们彼此向来都未曾掺杂任何私人感情、友好和平地相处着的呀。这样一来，以后根本连照面都没法打了啊……

我在心里暗暗责备他的擅作主张，却怎么也对他厌恶不起来。他就像是我的软肋一般……幸好，这首写给我的诗恐怕除我以外再无第三人知晓。想到这儿，我松了口气，赶快将那张小纸片小心翼翼地藏进我书桌抽屉的最里面，然后假装什么都没有发生一样……

傍晚，我和你们正吃着晚饭。正当我准备喝汤时，我突然想起那张小纸片好像是从《昴》上剪下来的（即便如此，当时的我也丝毫没有在意过那到底是什么样的一本杂志）。那本杂志原本每一期都会送到我的手里的，但这次却没有，而是直接摊放在一边。难道在我不知情的情况下，你们已经看过那首诗了？那可真是不得了！不知是不是因为心虚，我感觉你好像从刚才开始就总是有意无意地看着我，这让我不禁感到恼羞成怒，内心默默地燃起一股无名的怒火。不过，我还是佯装着不动声色，装作无比虔诚地搅动着汤勺……

从那天起，那个人就充斥在我的生活里，挥散不去。

我被一种前所未有的情感牵引着，终日失魂落魄。谁见到我，都不由得露出一副诧异的样子。又过了几个星期，我为了避免撞见你们，只好开始终日将自己关在卧室里。我想我也只能这样静静地待着，祈祷着能够早日从那些紧紧裹挟着我的、说不清道不明的羁绊中，得以全身而退。我想我只能耐心等待，等着它快一点从我们之间走开，再无他法。我坚信只要我和他之间不再产生任何纠葛，我们就能得以救赎。对此，我深信不疑……除此之外，我甚至幻想过，自己要是能快点儿变老就好了。快点儿变成老太太，这样就不再拥有年轻女性的容颜和魅力。就算某天在哪儿和他不期而遇，我也就能够平静地和他对话了吧……

可是，年龄这种事岂能有“断舍离”的道理呢？哎，我要是能快点变老就好了……

我每天胡思乱想着，就像跌进了死循环一样，以至于近日又比往常消瘦了不少，连手上的静脉也有些许凸显了出来。我只能频频看着自己这双枯瘦的双手，无计可施……

那年的梅雨季基本没有下雨。六月末七月初的这段时间里，一直烈日当空，酷热难耐。我感到身体明显地虚弱了，就一个人提前去了O村。但没想到，不过一周左右，那里便接连不断地下起了绵绵细雨，颇有梅雨的况味。中间偶尔小停一会儿，空中便又升起浓浓的雾气，遮挡住了周边的山峰。我反倒喜欢上了这样忧郁的天气，因为它完全接纳了我的孤独。

连绵的阴雨日复一日地下着，腐蚀着一片片堆积在地上的落叶，它们当中的大多数都已经开始腐烂发臭。只有庭院里，立在榆树梢上的鸟儿们，还自顾自地轮番鸣唱着。我贴近窗户，试图看看它们各自的模样，却不知是不是因为近日视力有所下降，总也看不清楚。这让我半是欢喜、半是忧伤。我抬头凝望着微微摇曳的枝丫，真想永远地沉浸于此情此景。不料，一张破碎的蜘蛛网随风吹落下来，着实把我吓了一跳……

总归是个糟糕的季节呀。但没过几天，别墅的住户们就开始稀稀疏疏地住了回来。其中有那么两三次，我好像在我们院子的榆树林间看见过小明的身影，他披着雨衣，匆匆穿行而过。可能他并不知道我只身提前回来了，所以未曾进来歇歇脚。淅淅沥沥的梅雨一直持续到八月份。这时候你也回来了。期间我也隐约听到消息说，森先生好像也准备过来，最近就会动身。

我感到很诧异，毕竟现在这天气是多么地糟糕呀！转而又开始不断地担心起来——要真这样的话，他到时候肯定会过来找我的吧……可我还完全没有做好任何的心理准备呀！我心里乱糟糟的，我想我最好还是不要见他为好。但转念又想起之前那封信……为什么他要特意将这样一封奇怪的信件送到我的手中呢？

哎！算了，要来便来吧……这样也好，到时候我一定要好好向他问清楚。要是到时候你也正好还在O村的话，我准备一并把你叫上，用一种你能够接受的方式好好地跟你坦白一切……至于具体怎么说，我还是先别去考虑了。也许，不去刻意地想，反而能够轻松地化解呢……

持续降雨的八月里，天空偶尔也放晴。和煦的阳光透过榆树枝叶，斜斜地洒落在庭院里，不一会儿，就又被云层遮挡住了。

我在庭院中央的榆树荫下，摆放上一张自己手制的长木椅。阳光照耀下，树荫时而厚厚地打在长椅上，时而又缓缓地褪去，直至完全消散掉——大部分的时间里，我就这样默然地守望着它们，内心却正暗暗地恐惧着什么……而我的这种起伏难安的心绪，亦宛如正被它们悄然地守望着一般。

雨季过去后,这里很快迎来了炎炎的烈日。不同盛夏里的曝晒，此时的太阳反而像是秋日里的太阳一般。即便这样，白昼实在是酷热难当……

而森先生就是在这样一天中最为曝晒的正午时分突然到来的。

他的模样竟出乎意料地憔悴，令我心如刀割。

见到他之前，我曾一直惴惴不安着——担心要是他看到我这副苍老的模样该做何感想呢？但当他真真切切地站在我的面前、形容枯槁，瞬间，我所有的这些顾虑便都被抛在了脑后，取而代之的是对眼前的他无尽的疼惜。我很努力地想要去宽慰自己，希望自己能够像往常那样轻松自然地跟他打声招呼，可是，目光所至之处，都是他频频投来的怜惜的目光。我似乎从他的眼神里也同样读出了跟我一样的心情，以至于我感觉自己整颗心都像是要被捏碎了一般，只剩下这副躯壳，在苦苦地支撑着。至于之前下定决心要跟他聊些什么，此时此刻的我，更是丝毫提不起那份勇气来了。

好在这时，你抱着从女仆那里拿的红茶回来了，我终于感到如释重负。

我接过茶，一边强作轻松地请他喝茶，一边担心你会不会因为上次的事对他爱答不理。然而你并没有，反而变得出乎意料地健谈，聊天的气氛也非常的融洽。我不禁感到羞愧，这段时间我一直沉浸在自己的事情里，根本没能顾及你们兄妹俩，以至于我对于你们的成长毫无察觉。

他似乎也因为与你的交谈，看起来轻松愉悦了不少，至少比单独跟我交谈的时候显得有朝气、有活力得多。等你们聊得差不多了，他看起来也一副筋疲力尽的样子，却还是突然站起身，说很想到去年走过的村道上走走。于是我们便陪着他一块出门去了。

酷热的烈日高悬在头顶上方，狠狠地照射着地面。干燥泛白的小路上，几乎看不见我们的影子。路边的马粪也被晒干了，在阳光下显得熠熠发亮，上面竟还聚集着几只白色的小蝴蝶……我们好不容易才进了村子。为了躲避日晒，我们时不时地沿着路边的农舍走，时不时像去年那样窥探一下养蚕的住户家里，又时不时抬头看看破败的屋檐和它上面的瓦格……去年的残垣已经在不知不觉中不见了踪影，只剩下一片高粱地孤零零地立在那里，我们一言不发地对视了一眼。终于，我们步行到了去年的岔道上，浅间山立刻映入眼帘，高高矗立在松树林上，略显一丝违和感。不过，似乎又像去年一样，默默地契合着我的心情。

我们站在这条岔道上，一时之间竟忘记了说话，只是默默地站在那儿眺望着。直至正午的钟声打破这片沉寂，我们这才从这片沉默中回过神儿来。森先生不时地看看一旁发白干燥的村道，似乎在想——接他的车子怎么还没有来。

不一会儿，一辆汽车卷着厚厚的尘土疾驰而来，应该是来接森先生的。我们为了躲避尘土，就转身躲进路边的草木丛后面。

但是我们谁也没有去叫停那辆车，而是那样无言地站着。不过短短数十秒的事，对我而言，就像过了很久很久。当时的我，似乎正身处在一场苦闷的梦里，很想醒来，却又感觉永远也无法醒过来……

汽车驶过了很远才终于注意到我们，便很快掉头折返回来。森先生踉跄地坐上车，摘下帽子，拿在手里对着我们的方向挥了挥手。汽车又疾驰而去，我们下意识地用太阳伞遮住灰尘，站在草木丛中沉默了半晌……

和去年一样地走在这条岔道上，又和去年一样地在这条岔道上分别——但我分明能感觉到有什么东西正在悄然起着变化。

那在我们之间萌生又消逝的，到底是什么呢……

“刚才你说看到了牵牛花？在哪儿？”

我的思绪还停留在自己的世界里，几乎无意识地脱口而出：“牵牛花？”

“你刚刚不是说看到牵牛花开了吗？”你感到很莫名其妙。

“是吗……我……不知道啊。”

你奇怪地看着我。我看了看周围的草地——奇怪！刚才我明明看到有牵牛花开了呀！但是这会儿无论我怎么找也没找到。我觉得很是不可思议……

其实，那一刻的幻觉，不过是由我内心微妙的情绪变化所导致的吧……

大约两三天后，我收到了森先生寄来的明信片。上面写着，他接下来要突然离开木曾。

我一边为自己好不容易下定决心要跟他说明一切，却莫名其妙地错失良机而感到后悔；一边又安慰自己，“那样平淡如水般相逢，又好似若无其事地离开，也许反而会更好吧。”想到这里，我突然也就心安了不少。

我祈祷一种关乎我们命运的东西，能够像天上滴雨未落的阴云一般顺利地通过——至于那到底是命运之神的掠夺、还是馈赠？我暂且不得而知，但我想我终将会知道……

有一天夜里，我彻夜难眠，胸口憋得有些透不过气来。我看你们都睡下了，便悄悄地一个人起身走出屋去。我在黑暗的榆树下独自步行了一会儿后，心情逐渐舒缓了不少。于是便转身打算回屋去。

这时，我看见黑暗中，有一盏灯亮了起来。我觉得很奇怪，刚才明明所有灯都关了呀！怎么会亮着呢？我站在榆树下仔细一看，便看到了你——靠在往常我喜欢靠着的窗户边上，像我平常喜欢的那样，将额头轻轻地抵在窗玻璃上，默默地望着窗外。

微弱的灯光从小窗里透出来，我完全看不清你的表情，而你似乎也并没有发现站在榆树下的我。——不知为何，恍然间我觉得这样沉思着的你，简直跟我如出一辙。

瞬间我仿佛明白了。应该是当你知道我半夜突然出门去了之后，很担忧我，所以才立即起身察看的吧。也许你并不知道，你方才那与我如出一辙的姿势和动作里面，偷偷暗藏着你对我的关心；而正是因为你平时很在意我，所以才会在不知不觉中渐渐被我同化。

此时此刻，你一定正在深深地关注着我，就如同你的心已经脱离了你的肉体，无法再返航一样……

不，我并没有想过要从你身边逃走。在这段时间里我曾一直逃避着你，但那完全是因为害怕你把我当作罪恶深重、面目可憎的女人啊!

哎……我们为何无法像其他人一样虚伪地活着呢?

我默默在心里无言地对你倾诉着、沉默着往房间走去。经过你身后时，你突然转身把我叫住，用几近责备的语气问道：“你跑哪儿去了？”

我从你的话语中，清晰地体会到了你对我的那种几乎感到崩溃的烦恼……

第二部

1928 年 9 月 23 日　写于 O 村

距离上次写这本日记，已经过去两三年了。在这两三年间，我从未料想过自己有一天会拿起笔继续写。

去年的这个时候，我在 O 村突然想起了这本遗忘已久的日记本，心中感到无限的惭愧。我本要一把将这本日记烧毁，但实在觉得可惜。心想，烧毁之前好歹再好好地再翻看一遍吧。没想到不看还好，一看便一发不可收拾，更不必谈付诸火坑了，根本下不了决心。至于耐心地拂去上面的灰尘，取下来继续往后写，更是我连做梦也没想到的。

至于支撑和鞭策我继续写下去的理由，随着你一点一点慢慢地往后读，也就肯定能明白我的苦心了。

去年七月闷热的一天，我从新闻里得知森先生在北京突然病逝。

当时，我正一个人独居在偌大的杂司谷的家中。因为正雄在入夏之前，就已经去台湾大学赴任；而你也在数天前就独自一人到 O 村的山屋中居住了。新闻报道里说：这一年来，森先生因为旧病频发，需要静养身体，所以就一直居住在北京一个僻静的旅馆里。当然，也就没能再发表过任何作品。在最后的那段日子里，森先生终日卧在病榻上，神情平静，像是等待着什么到来……直至死神的降临。

一年前，森先生像是为了逃离什么一般，毅然决然地离开了日本，远赴中国。在这期间，他曾给我写过两三次信。他在信中说，自己其实并不怎么喜欢中国，但唯有北京这座城市，就像是古老的森林一样惹人喜爱。并坦言道，自己打算在这个地方度过自己的风烛残年，最后悄悄地辞别这个世界……我并未当真，更没想过这一天竟会来得如此之快。或许，在遇见北京并把这件事写信告诉我的时候，森先生就早已经看透了自己的宿命吧。

多年前的那个夏天，森先生在O村和我相遇。从此，我们两人便仿佛突然被什么东西侵蚀了心智一般，变得遍体鳞伤。

森先生在一封封饱含痛楚的信件里，诉说着对于人生的无力感和对于际遇的自嘲。然而，为什么当时的我却没能为他好好回复一封宽慰的信呢？尤其是在远去中国的前夕，他曾几度试图想与我见面（当时的他为什么还会有这个闲情逸致呢？），但我却因为介怀之前的事情，实在不敢坦然地面对他，所以就都统统委婉地拒绝了。如果，当时我能耐心地允诺、哪怕是一次呢？如今回想起来，我感到由衷地后悔……不过话说回来，即便当时直接见面了，那么之前那些信上所写的内容我又将以什么样的方式对他诉说呢?

森先生的孤独离去，使我追悔莫及。我一边看着新闻、一边自顾自地胡思乱想着。突然，我的胸口像是被什么死死地压住了一般，痛得直冒冷汗。我躺在长椅上休息了很久，那种可怕的痛感才终于渐渐消退掉了。

现在想来，那应该就是我冠心病的首次发作吧。因为在那之前身体根本毫无异样和征兆，所以当时的我仅仅以为是因为森先生的事情一时激动所致。再加上，当时正好独自一个人在家里，所以反而并没怎么在意，也没有呼唤家里的用人，只是独自默默地忍受了一会儿，直至痛感完全消失。这件事，我没有对任何人说起过……

菜穗子，我猜想当你独自在O村得知森先生的死讯时，该是多么地备受打击啊。悲痛之余，你肯定会更加的担忧我吧——担忧我是否会被这突如其来的噩耗所击垮，悲怆得不成样子。然而，你并没有，而是完全地沉默着，直到现在连一封表示抱歉的信件也没有写过。

那个时候，我对他的感情反而开始逐渐更深了一层。那是一种真实而自然喷涌出来的情感，我想，既然他已经故去了，那么我也应该找个机会好好对你敞开心扉。我认为，一起在O村居住的时候就是最好的时机。但阴差阳错的是，当我处理完手头残留的琐事，于八月半动身去O村时，你却若无其事地回到了东京。

当时，我的内心燃起了一股愤怒。在我看来，你是想通过那件事告诉我，你我之间的矛盾已然到了不可调和的境地。

从那以后，我们俩就像是平原中央两个永不交汇的站点一般，自顾自地待在各自的轨道上。

你走之后，我就找了几位用人代替你，跟我在O村的山屋中生活在了一起；而你仍然我行我素，从此以后再也没有来过O村，独自一个人倔强地生活着，直到秋天之前也没有再跟我见过面。这年夏天我几乎都在山屋之中闭门不出。八月的时候，村子里时常可以见到三两成群散步的、稚嫩的学生，这让我更加不愿意出门到村子里去；九月，这些学生因返校而离开，天空又像往年一般下起了骤雨，这样一来压根更是没法出门了……用人们看我一副无所事事的样子，似乎也暗自担心起来。不过，我却非常享受这种如同久病初愈的病人一般的生活。用人们偶尔不在家的时候，我时常会进到你的房间，默默翻看你随手搁置在房间的书本、从房间的窗户中眺望榆树稀稀疏疏的枝丫。

那个夏天你到底是带着怎样的思绪在这里生活着的呢？我独自思索体悟着，心中涌现出一丝丝剧痛，不知不觉便过去了很久……

骤雨逐渐停了下来，取而代之的是一如秋日般的清爽。

往常日复一日被浓浓的雾气包围着的群山和榆树林，在阳光的照耀下，开始微微泛着黄。我的内心感到难能可贵的轻松，自此，每天早晨和傍晚到林间四处溜达的时刻便不知不觉多了起来。这让我不禁心生感慨——虽然自己曾为此前闭门不出的那份宁静感到庆幸和知足，但像现在这样，似乎可以忘却一切烦恼般悠然地在林间散步，难道不更是一种享受吗？之前的我，到底为何要那般忧郁地活着呢？

人类真的是鲁莽而随意的家伙啊！

在我最爱去的山峰旁的那些落叶松林上，偶尔能窥见松林透过树叶之间的间隙，向结满浅红花穗的芒草的正对面和清晰裸露的浅间山的山表处，笔直地远远延伸着。我知道，一直延伸着的那边，正是O村的墓地。

有一天我心情不错，便悠闲地沿着松林散了会儿步，不知不觉便来到这块墓地。走着走着，突然听见有话语声从林子里传来，于是我慌忙从墓地折返回来了。那一天正好是秋分。在回去的路上，我突然在林间缝隙的芒草丛里遇见一名非本地人装束的中年女子，她似乎也被吓了一跳。原来那是村中驿站里的阳子。

“今天是秋分，我一个人过来扫墓，再加上心情不错，就没着急回去，慢悠悠地在这里闲逛了起来。”她一脸微红，若无其事地笑着说，“我很久不曾这么悠闲过了。”

据说，阳子独自拉扯着一个长年体弱多病的女儿，跟我一样，几乎很少外出。最近的四五年里，我们只是偶尔才听闻彼此的近况，像这样的碰面更是第一次。因此，我们像是阔别重逢一般，站着聊了很久才各自分开。

我一个人走在回家的路上。一路上，想着方才分别的阳子，不禁感到不可思议。虽然她的容貌看起来的确比数年前老了几分，但却丝毫看不出来只跟我相差五岁。非但如此，举手投足之间更是多了几分往常没有的女人韵味；再则，明知自己历经了别人眼中极其不幸的林林总总，但不管再怎么对命运不服输的阳子，却总是看起来一副泰然自若的样子，个性里始终有着一份难能可贵的单纯。

与之比起来，我们真的应该感谢自己当下的命运。然而我们没有，不仅如此，反而像是永远也不知满足似的为原本何其美好的事情矫情地烦恼着——我不禁为这样奇怪的我们感到遗憾不已。

回家路上，太阳渐渐西落。

我像是突然下定决心一样，快步回到家中。到家后，便径自走进自己二楼的房间，从柜子里取出这本日记。最近这几天，只要太阳一落山，气温就开始急剧下降，天气也变得非常寒冷。因此，我总是叮嘱用人提前为壁炉生好火。然而这天，他却因为其他事情而一时耽搁了。

我只好无奈地坐在暖炉旁边的椅子上，狠狠地将本子胡乱地揉作一团。用一种焦灼而略带苛责的心情，无可奈何地看着老爷子慢腾腾地生火——我真想立刻将这本日记丢进火中！

而他却似乎对身后焦灼不安的我视而不见，并没有回头看我一眼。只是沉默着、不动神色地拨弄着柴火。

或许，在这个善良单纯的老人眼里，当时的我，与平常那个沉静稳重的女主人并无两样吧。就好似，在我回来之前，整个夏天独自在这儿安静地看着书的菜穗子——对于我来说，是一个叛逆到令我感到绝望的小孩。但在他眼里，却是个同女主人一样文静少语的小姑娘……

在这些单纯的人眼里，我们一直是“安稳幸福”的人。不管再怎么听说“我们母女俩关系是多么地不合”，他们肯定也不会去相信吧……

我不禁开始怀疑。难道，这些“纯粹的人们”的眼里所见证着的，一直是那个鲜活而体面的女主人？而那个总是对人生感到没来由的胆怯、忧郁的另一个我，只不过是我自己凭空臆想出来的？今天见到阳子以后，我便在心里暗暗萌生出这样的念头。

也不知道在阳子眼里，是怎样看待自己的呢？于我而言，那是一个敢于笑对人生坎坷的、坚强而勇敢的、了不起的女人。我想，所有人都会是这样认为。而只有这样真实、毫不掩饰的阳子，才能算得上是真真切切地活在这个世界上吧。

而我最真实的样子，也不过是——行至人生半途中，突与夫君死别离；随后只得独自守着孤独的日夜、隐忍着将两个孩子拉扯大的、一个坚强靠谱的寡妇而已。这，就是我最真实的样子。

而除此之外的，尤其是我在这本日记所描绘的悲情模样，只不过是我在难以自持的悲伤之下，所臆想出来的假象而已。

若没有这本日记，我这种忧郁将永远不复存在这世间。是啊，这日记最好还是狠心一把火烧掉为好。即刻、马上、越快越好！

这，就是我散步回来暗自下定的决心。然而，在老用人短时间离开的时间里，我却也只是出神地呆坐着，根本没能立即将这本日记丢进壁炉里。我为自己错失了良机而苦恼不已。像我这样的女人，经常会想出各种理由，去做自己根本完不成的决定。真到实际做的时候，却总是思前想后，百般犹豫起来。就如同当我下定决心要烧毁这本日记的时候，我却忍不住想要重新看一遍，以此来确定一下使我长期陷于悲苦生活的本质原因到底是什么，心想等一探究竟之后再烧也不迟。

然而，我虽这样想着，但却根本没有心情重新回去重读一遍。于是，我便将它随手搁置在白炽灯的灯罩上，直到晚上，我也没有心情再去重读。更别说，在深夜睡觉之前把它拿回房间，归整到原来放置的地方。

大约两三天后的一个傍晚。我像往常一样散步回来，看到不知何时从东京归来的你正靠在我经常坐着的椅子边上，目不转睛地注视着方才壁炉里刚刚燃起的噼里啪啦的火苗……

那天晚上你我进行了一番令人感到痛苦不堪的对话。这次对话、连同我第二天身体上发生的显著变化，一并深深地刺痛了我这颗苍老的内心。

那份记忆渐渐消退了，但是就在一年后的今夜，它们却统统清晰地在我内心深处复活了。今夜、仍旧在这小山屋的这个暖炉前，我再一次翻开那本曾一度决意要烧毁的日记本。

这一次，我打算以此来救赎自己所做的所有事情。我一边耐心等待着自己最后时光的来临，一边鞭策着提不起力气的自己，把那天真实发生的事情如实地记录下来。

那天，你沉默地坐在暖炉旁边，向缓缓靠近的我怒目直视，一副勃然大怒的样子。而我，也如同往常一样，把椅子搬到你旁边，缓缓地坐下。从你眼神里，我似乎看到了你的痛苦。不知为何，当时的我多想好好地询问你内心的想法啊！但当时你眼神里所透露出来的冷酷，却生生地将我快到嘴边的话给击退回去了。最终，我就连好好问问你“为什么这样突然地到来？”也没能说出口。而你看起来也并不打算让我知道一切。最后，我们也不过是三言两语地谈论了一下杂司谷的人们，随后就像每天习以为常地那样，沉默地看着炉火，一言不发。

太阳逐渐落下山去。我们谁也没有起身去点灯的意思，就只是相互沉默着看着暖炉。天逐渐暗了下来，只有摇曳的炉火发出明亮的光，照亮着你沉默不语的脸庞。偶尔摇曳的火焰下，你越是显现得毫无表情，我却似乎越能从中体会到你内心的波澜又深了一层。

我们沉默地在山屋中简单地用过晚餐后，又回到了暖炉旁。

过了一会儿，眼睛时不时快要闭上、看似极度疲惫已经睡着的你，突然用近似疯狂的语调跟我说话。可能是怕被用人们听到，你最终刻意将声音压低了些。果不其然，是关于你亲事的话题。

此前，你住在高轮的姑妈曾经就你的婚事与我提过两三次，但因为当时森先生刚刚在北京辞世，所以彼时的我并没有冷静下来好好地跟她沟通。后来，因为对方又三番两次地跑来跟我说，我实在是有些厌烦了，于是就跟她说："菜穗子的婚事，还是随她本人的意愿吧。"不料，她在听说我去了O村、而你独自回了东京之后，就单独找你提亲去了。不仅如此，还擅自以我说的"她的婚事由她自己做主"为借口，悉数埋怨你之前为何要将所有婚事都回绝掉？还说，就连我也私底下曾将这些归咎为你任性不懂事。可是，我想你应该知道的呀！我那句话里并没有什么恶意。

然而，当你姑妈跟你说完之后，你便将我说的那些毫无恶意的话语错当成了恶意中伤，瞬间勃然大怒起来。至少从你刚才对我说话的样子和方式里，我能清晰读到你对于那句话的愤怒……

在谈话的中途，你突然微微侧过脸，抬头对我说："对于这件事，母亲您是怎么想的？"

"这个嘛，我也不知道。那是因为你的……"面对总是一脸不悦的你，我变得有点惴惴不安，突然语无伦次起来。在此之前，我总是对你避而远之，如此一来，我似乎根本无法突然面对你。不过，今天晚上我无论如何都要将心中想说的话，毫无保留地告诉你。不管会遭受你多大的攻击，我也要忍耐住，心平气和地告诉你一切。因此，我强撑着勇气，用一种近似强硬的语气说："说实话，我确实比较介意。他再怎么是独生子也不能总是跟他妈妈住在一起，并且因此单身到现在啊。而且听你们说来，我总感觉那孩子应该是一直被他母亲的气势压制着他……"

听我如此强硬地说完之后，你像是若有所思般，注视着燃烧着的柴火。我们两个人再次陷入了沉默。随后，你才像是瞬间从思绪中回过神来，用一种不确定的语气说："那样敦厚的人也许反而会比较靠谱一些吧。至少对我这样性格刚硬的人来说……"

我简直难以相信一般，低头看了看你的脸。而你却一如既往地注视着噼里啪啦燃烧着的柴火，但眼神之中却悄然透着迷茫和空洞，看起来一副若有所思的样子。看来你刚才说的那番话并非出于对我的叛逆才说的，而是经过了一番利弊权衡。一时之间，我发现自己愚钝到不知如何回答是好，所以并没有立即回答你的话。

"我太了解自己了。"随后，你又补充道。

"……"我一时不知如何作答，只是沉默着看着你的背影。

"最近这段时间里，我好像突然明白一个道理：不论是男是女，在结婚之前内心始终会被一种脆弱而易变的幻象所束缚，比如说，执念于所谓的‘幸福’……但是，一旦结婚之后，这种虚幻的东西就会很快被他们替换成‘自由’，即随之转变成对自由的执念。难道不是吗？”

老实说，对于你说的这一点，我之前并未足够意识到。所以，我并没有立即回答你的问题，反倒是为你能够如此审慎地考虑自己的终身大事而感到诧异。我不禁怀疑，刚才这一番对于婚姻的见解，是否真的是从婚姻小白的你口中说出来的？但我知道，如果你一直像现在这样，陪着我焦虑地生活下去的话，那么你也将慢慢地被我潜移默化。就如同你之前所言——“连自己到底要去向哪里都不知道”一般。若长此以往，你将被无尽的不安所淹没，目光所及之处，全是那些涂抹着无限痛苦的、沧桑世故的成年人的思想。

“你这么想也有一定道理。但是，我们并不能因此就对婚姻产生消极的想法呀。”我由衷地说道，“……能不能……怎么说呢……嗯……至少你应该乐观一点呀！”

跳跃的火光之中，你的侧脸突然浮现出一丝复杂的笑容，问道：“母亲，您结婚之前一定也很‘乐观’吧？”

“是啊……我应该算得上是十分随性的一个。那会儿应该也就十九岁吧……当时我刚从学校毕业。虽然，因为家境贫寒的缘故，并没能按照母亲的心愿出国留学。但是却很快就嫁给你爸爸了呀。对此，我感到非常的满足和开心。”

“并不是因为结婚之前就知道爸爸的好？”

话题自然而然地转移到你最喜欢的爸爸身上，我也一反常态，心情变得开朗了不少。

“你的父亲真的很优秀，我时常觉得自己配不上他。遇到他之前，我也从没想过自己的婚后生活能够如此顺畅，我也未曾自诩过自己命好。相反，其实能够这么幸福地生活，可以说都要归功于你父亲的性格。最让我感激的是刚结婚那会儿。那时候的我不过是一个不谙世事的小女孩而已，但是你的父亲却从一开始就把我当作一个女人来对待，更是人前人后给足我平等。托他的福，因而我才渐渐有了自信……”

“我爸真是一个好男人……”连你也不禁怀念着说道，“我小时候总想，要是能嫁给我爸爸就好啦……”

“……”我没说话，脸上浮现出一丝笑容。

我一度以为，既然提到了你的父亲，那么接下来我们肯定会自然而然地聊起你父亲的生前，或是去世之后的往事吧。

然而，你并没有。而是跳过这些，用一种沙哑的声音，突然低声质问道：“那……您觉得森先生这个人怎样？”

“森先生……”我瞬间一脸惊讶，慢慢将目光看向你。

“……”这次换你沉默着低下头去。

“这是两码事，你……根本……”我嘴上含糊不清地说着，心里却突然意识到，你突然用这么介意的语气问我，肯定是把森先生当作了我们之间关系不和的主要原因了。你一直也没有忘记你死去的父亲。当时你的眼里，根本没有把我看作是自己的母亲，所以内心非常的焦虑。如果现在的你回想起来，一定也会明白，当时的那些不过是你焦虑过度的产物而已。然而，当时的我也并没能坦率地对你说出来。

这么重要的事情，为什么我总是不能按照真实的想法去说、去做呢？这是我唯一的重大过失。事到如今，我也只能用这样的方式对你、也对我自己说清楚。

“不，你不要再这样问了。你应该也知道我和他之间本来就什么都没有，莫不如就当作什么都没有发生过来跟你说清楚吧。森先生最终想得到的，其实只不过是一个能作为倾诉对象的年长女性罢了，只不过阅历粗浅的我说出来的话有时反而能让他觉得印象深刻罢了，仅此而已。可惜，当时的他和我，都没能明白这个事实。因为只是一个倾诉的对象，所以他绝不能把我当成一个女人看待。那样几乎会让我感到喘不过气来……”

我几乎没有喘气，一口气说着。刚才那目不转睛盯着熊熊火苗的眼睛，因此变得异常地酸痛。说完，我便不由自主地闭上了眼睛。

再次睁开眼睛的时候，我慢慢地将目光转移到你的脸上说：“……菜穗子，我呢……到这把年纪已经算不上是一个‘女人’了，我一直在等着自己快速变老的一天。我多么希望自己快点变老，然后坦然地再见森先生一面，并心无旁骛地跟他说清楚，最后永远地分别……”

然而你依然不动声色地对着炉火。火光在你的脸上摇曳，连同一种说不出来的复杂的表情。

四周被一种死寂包围着，刚才我那因激动而高扬的嗓音一直在空气的上方盘旋。我的心像是突然被什么紧紧攥住一般，压抑地喘不过气来。此刻，我也突然很想知道你的想法，于是在沉默中脱口而出：“那你呢？你觉得他怎么样？”

“我？”你下意识地咬了咬唇，沉默了一会儿。

“……虽然在母亲面前不便表露，但是，我其实很想尽量地对他敬而远之。虽然他写的东西的确很有趣，我喜欢读他的作品，但却并未想过要跟他更深的交往。再则，我也并不认为自己身边需要这样一个我行我素的天才存在。”

你的一字一句深深地灼伤着我的心。一种无力感涌上心头，我再次闭上双眼。时至今日，我终于清晰地明白了我们之间不和的根本原因——那是因为我从你那里夺走了某些东西。那东西绝非仅仅是作为你母亲的我本身，更是女人对于人生最崇高的东西的一种信仰。

如今，就算我作为母亲的身份再次回到你的身边，但是你那份对于人生的信仰，岂能再次轻易拾捡回来？

夜已阑珊，小山屋内已经格外地寒冷。柴火间里，方才被我打发睡下的老用人似乎已经睡醒一觉了，一阵沙哑的干咳声从屋里传来。这些我们都一一觉察到了，但是谁也没有再往火炉里增添柴火。渐渐衰微的炉火不知不觉中将我们的身体拉近，连同我们的心，也似乎正一点点地被簇拥着，像是要被深嵌进彼此的灵魂深处一般……

那晚凌晨十二点过后，我们便各自回房睡下了。躺下后，我终究毫无困意，睁着眼睛久久无法入睡。隐约中，我似乎听见隔壁的你也在房间里彻夜地翻来覆去。是不是你也一夜没能睡好呢？直到窗外的天空中微微泛起鱼肚白，得知天将拂晓的我像是终于松了口气一般，渐渐迷迷糊糊地睡去。

不知睡了多久，我隐约感觉到有人站在床边，于是便不由自主地睁开了蒙眬的睡眼。恍惚中，我看见皮肤白皙的你披散着头发，直直地立在床前，身上还穿着睡衣。

你发现我终于醒来，便立即不由分说地、用一种斥责的语气说道：“……母亲，我了解您呀。可是，您了解我吗？您对我完全不了解！一点也不！不过，还是请您接受事实吧。我来之前，其实已经答应过姑妈了……”

我一时分不清这是梦里还是现实，用疑惑的眼神看着你。你的眼神里透出一丝悲伤。我不明白你说的到底怎么回事，不由下意识地想要坐起身、进一步好好问问清楚。

然而，你却丝毫没有给我机会。说完便头也不回地径自离去，转身消失在门外。

我本想马上起身去追你，但是，楼下的柴火间里从刚才起就时不时发出嘎吱嘎吱的声响——老用人这会儿应该是已经起床干活了……这让我不禁踌躇起来。

下楼之前，我曾特意来到你卧室门口，将耳朵小心翼翼地贴在门上，试图听清房间内的动静。我一边小心翼翼地确定昨晚窸窸窣窣的声音是否还在；一边想象着你是否也整夜未眠，偷偷将脸埋进散乱的头发里哭，最后哭到筋疲力尽才慢慢睡去……你的身子随意地蜷缩在床上，清晨的阳光柔柔地打在你的脸上，上面隐约可见两行未干的泪痕……

为了不打扰你睡觉，我轻手轻脚地走下楼去，又吩咐老用人在你醒来之前提前把早饭做好。随后，我便一个人漫无目的地向亭院中走去……

秋日的阳光透过榆树枝叶，斜斜地洒进亭院。斑驳的树影中，星星点点地跳跃着光点，有着一种难以言喻的清朗。我徐徐地踱步至已经成片泛黄的榆树叶下，微微弯下腰、捡长椅的一角慢慢地坐下。

顿时，我感觉自己的心亦跟随着这番曼妙的美景，幸福地跳动起来。而今早醒来时的沉重心情，早已如雾散去了……

我安坐着，暗暗等待着你的醒来。我想，你之前那般叛逆的态度，只不过是一时鲁莽罢了，作为你的母亲，我必须得心平气和地好好劝劝你。毕竟，如果你稀里糊涂就答应那门亲事的话，以后一定会很痛苦。当然，彼时的我也并没有什么确凿的依据，但我坚信这一点。

可是，到底应该怎么说，才能让你打开心扉、接纳我的劝诫呢？我并不认为要提前把要说的话都设计好，然后逐字逐句传达给你——相反，我觉得莫不如在见到你的那一刻起，就全然忘却自己的角色和立场，不带有任何的心理建设，果敢地站到你的面前，将心里的想法一股脑儿地告诉你……这样，没准儿反而能够打动你呢？

我这样想着，于是竭力劝慰自己不再去想关于你的事情，只是静静地感受着头顶上方金黄的榆树叶在迎风沙沙作响，以及细碎的阳光星星点点地散落在肩上……我感到无限的惬意，真想时光永远地停留在这里。

不料，正在这时，我突然感觉自己的心脏剧烈地跳动，伴着一种急剧的压迫感。这次，疼痛并没有很快停止，而是持续了好长一段时间……

这是怎么了？我艰难地用两只手扶着腰，试图站起身来，可是，两只手却突然丝毫没了力气……

菜穗子的追记

到这为止，母亲的日记便中断了。在那本日记的末尾，母亲最后记载了一些秋日里的琐事。距离那次心绞痛的一年后的某天，仍旧是在这山屋之中，母亲似乎突然想到了那天发生的事情，正准备接着写。不料，却再度发生心绞痛，随后便病倒了。这本日记便是在母亲丧失意识之后，被老用人发现的。被发现时，这本日记本正敞开着，安静地摊在母亲身旁……

得知母亲病危的消息后，我很快就慌忙地从东京赶回来了。料理完母亲的后事以后，老用人递给了我一本日记。看得出来，那是一本母亲最近才写过的日记。不过，当时的我并没有心情马上去阅读，所以，便随手将它搁置在小山屋中了。

在这之前的几个月里，我刚刚违抗母亲的意见，与那个人结了婚。那时候的我，正一门心思地为自己的新生活奔忙。因此，在那样的情况下回首那些曾被自己亲手埋葬的过去，对于当时的我来说，实在是一件艰难而痛苦的事情。

之后，偶然间我又回到O村的家中。在整理旧物的间隙，我第一次翻开了母亲的日记。这时，距离上次回到家里已经有半年之隔。彼时的我，正处在一种对生活的困顿之中。诚如母亲所言，我切身感受到了一种对前途前所未有的窘迫。我怀着一半对母亲的怀念、和一半对自己的悔恨的复杂心情，慢慢地翻看着。

从母亲的日记本里，我能够感受到少女时代的自己，的确在一言一行之中处处暗藏着对母亲的叛逆。然而，却无论如何也接受不了日记中所描绘的母亲。

亲爱的母亲，诚如您日记里所写，我之所以会从母亲身边逃离，是因为母亲您先逃避我的呀。至于那个令您感到头疼、被您逃避的小女孩的模样，其实一直都只存在于您的心里，而我本人却从未因为这种事情感到痛苦、恼怒过呀……

我几度在内心深处对母亲这样呐喊着，手中的日记本被我几度放下、又拿起……好不容易才艰难地看完了。可以说，这个过程中我的内心一直被一种近似愤懑的东西充斥着。从一开始，一直到读完，也丝毫没有从心里消退。

我手捧这本日记，心中百感交集，不知不觉便踱步至前年那个清晨母亲坐着等我、又突发心脏病的那颗大榆树下。如今，榆树之下已然不见了当时的光景。由于还只是初春的缘故，榆树叶还没有生长出来，树枝光秃秃一片。只剩当年那把已破损大半的原木长椅仍孤零零地立在原地……

大概是因为读了那本日记，当我看见母亲最爱的、这把半将破损的长椅时，内心竟有那么一瞬间，与母亲之间有着难以言喻的高度同化。而同时，我又对这种同化有着近似厌恶的矛盾心情。于是我暗下决心——一定要将这本日记永远地埋藏在这个大榆树下。

菜穗子

一

“果然是菜穗子……”都筑明突然在人群中停下脚步，回头望去。

菜穗子从身边经过的瞬间，都筑明并不敢确定那就是她。只能在心里暗自迟疑着……直到两个人擦肩而过，他这才突然反应过来，确定那就是菜穗子。

都筑明在人群中突然停下脚步，转身张望着。熙熙攘攘的人群中，一位身着白色外套的女性已然走远，旁边跟着的那个男人应该是她的丈夫。那位女性似乎也感觉到了人群中的他，随后终于回过头，朝他的方向望去。她的丈夫见状也随即微微扭头看了一眼。

不料就在这时，人群中一位行人突然不小心撞到了都筑明的肩，让高个儿的都筑明也不禁被撞了一个踉跄。

不等都筑明重新站稳，刚才那两个人就已消失在茫茫的人群之中……

多年不见的菜穗子，在人群之中显得极为憔悴。她的身子被白色的毛外套严严实实地包裹住，和她并肩走着的，还有比她稍矮的丈夫。菜穗子脸上看起来没有任何表情，只是若有所思地快步向前走着……她老公似乎曾抬头跟她说了些什么，但菜穗子的脸上却只是闪现出一丝轻蔑的笑容——都筑明在蜂拥而来的人潮里，一眼就看见了这两个人。一想到那位穿着白色外套的女性有可能是菜穗子，他的心就跳动得更加厉害了。他紧紧跟随着菜穗子的身影走去，菜穗子似乎也察觉到了，便诧异地回头，朝他的方向张望。然而，她似乎没有认出人群里的他，眼神中掠过一丝茫然。

都筑明没有勇气承接这漂浮在半空中的眼神，赶紧转移视线，佯装看向别处。菜穗子最终并没有发现他，便转身和丈夫一起走远了……

都筑明只能往两个人的相反方向走着。他突然觉得自己很可笑，为什么唯独自己必须往他们的相反方向走呢？想到这里他不由得像是败下阵来。这样在人海中漫无目的地走，也突然变得毫无意义起来。

每天晚上都筑明从建筑事务所下班后，并不会直接回到低洼的公寓里，而是漫无目的地在银座的人潮中晃荡上几个小时。在这之前，这样的闲逛有一个确切的目的。然而，对于现在的他说来，这个目的似乎在一瞬间变得不复存在了。

他站在街道的中间。此时是三月中旬里，一个冷飕飕的黄昏。

“总感觉菜穗子看起来很不幸福呀”都筑明一边想着，一边往远处走去。“但是，这样胡乱揣测的我反而更像是在多管闲事啊。感觉人家不幸福正合了我心意一样似的……”

二

都筑明去年春天从私立大学的建筑专业毕业以后，就很快应聘到一家建筑事务所上班。他每天来往穿梭于位于低洼的公寓和位于银座某栋大厦的第五层的事务所之间，兢兢业业地为医院、公众礼堂等做着建筑设计工作。这一年间，他整个人几乎被工作填满，但从来没有由衷地感到快乐过。

“你到底在这里干什么？”经常有一个声音萦绕在他耳边。

在这之前，他曾在心里暗暗发誓再也不要想起菜穗子，孰料这次竟在街道上偶然撞见她。这件事根本无从对人诉说，只能任由内心的波澜掀起阵阵涟漪，久久挥之不去……那天银座川流不息的人潮、傍晚的气味、那个像是她丈夫模样的男人等等，如今想起来仍然历历在目。还有那位身穿白色毛外套、眼神空洞、快步从身边经过的女人——特别是那一双空洞的眼神，就算是现在回想起来，也无法直视——那会让他感觉到撕心裂肺般疼痛。

话说菜穗子好像从小就有这个习惯。不管和谁在一起，只要心里有什么不开心的事情，就会无所顾忌地露出那种空洞的眼神——某天，他好像因为什么事情突然想到这一点。

“对了！那一瞬间我之所以会觉得她很不幸福，一定是因为那双空洞的眼神吧。”都筑明想到这里，不由停下正在绘图的手、沉沉地望向事务所的窗外。

窗外市镇屋顶的上方，天空正笼罩着一层薄薄的阴云……都筑明不禁回忆起自己快乐的少年时代，任由思绪不由自主地飘向远方……

在那些灿烂的少年时光里，有着那个收养七岁就沦为孤儿的自己的单身婶婶，以及她居住过的位于信州O村的别墅，还有……在那里度过的很多个愉快的暑假，以及邻居的三口之家——尤其是那个和自己同龄的小女孩儿菜穗子，几乎贯穿了他整个童年。少年时候的都筑明经常和菜穗子一起去打网球、骑自行车远行。那个时候的都筑明是一个本能地天真爱做梦的少年，而菜穗子却更像是一个总想从梦中醒来的少女。他们喜欢以村庄为舞台，一起鬼鬼祟祟地捉着迷藏。而捉迷藏时经常被抛下的，却是那个少年。

那是某年夏天的事了。

一位叫森於菟彦的知名作家突然出现在他们的生活里。那个人好像是特意跑来这里避暑的，就居住在邻村小有名气的M酒店。三村夫人偶然间在那个酒店遇见了这位朋友，于是就互相闲聊了许久。两三天后，这位作家便冒着阵雨来到了O村。阵雨过后，三村夫人、连同菜穗子和都筑明，就陪这位先生到村子里四处走了走。当时村子里的家家户户正养着蚕，他在村落里到处张望着，显露出一种满怀欢喜的期待……这次见面似乎令这位已对人生麻痹的、孤独的作家重返青春，他的言行之中亦难掩兴奋……

第二年夏天，那位孤独的作家又再次到访O村。从那以后，三村夫人整个人就像是突然被一种悲伤的心情笼罩着。不明就里的都筑明对此非常好奇，一心只注意到异样的三村夫人，却未曾发现一旁的菜穗子也早已深受影响，由此变得阴郁起来。等都筑明注意到的时候，菜穗子已经完全像是变了一个人，从此不向任何人敞开心扉，终日闷闷不乐。与之前那个朝气蓬勃的女孩儿相去甚远。

自此，都筑明原本灿烂明媚的少年时光，便突然变得阴沉起来。

有一天，事务所的所长突然推门进来。

“都筑君。”所长走到都筑明的身旁，似乎被都筑明难看的脸色吓了一跳。“你脸色怎么这么难看？是哪里不舒服吗？”

“啊，没有……”都筑明强打精神地答道。

向来潜心工作的都筑明，最近为何看起来对工作全无热情了呢？他感到所长正用一种质问的眼神打量着自己。

“你可不要太勉强自己而毁了身子呀！”不料，所长却出乎意料地说道，“要不要请一两个月假，回乡下休息休息？”

“……比起休假……”都筑明难为情地支吾着，感觉难以启齿，不过还是突然露出他那富有亲和力的微笑说道：“……不过，要真能回乡下看看，也确实挺好的……”

所长随即回复了他一个和蔼的微笑道：“忙完手头的工作就去吧！”

“嗯，那就听您的吧。实在是不好意思……”都筑明一边回答道，一边萌生出“干脆向所长申请离职”的想法……

可转念一想，就算自己现在就辞掉这份工作，也未必确保有勇气重新踏入新的人生吧。莫不如就遵照所长的劝告，先找个安静的地方休整一段时间好了。如此一来，没准反而能够从死胡同里走出来呢……想到这，都筑明悄悄地把方才意欲离职的想法放下了。

所长转身离开后，都筑明就又恢复了沉郁的脸色。沉默着、感激地看着所长渐渐远去的背影……

三

三村菜穗子是在三年前的冬天结婚的，那年她 25 岁。

结婚对象是一个叫黑川圭介的男人，比她年长十岁，高等商业学校出身，正在一家商务公司工作，是一个极其平庸的普通男人。圭介在很长时间里都是单身，一直和已经守寡十年的母亲生活在位于大森的一所山坡上的旧房子里，日子过得很普通。那栋老宅子还是他身为银行职员的父亲生前所留下的，四周被几颗山毛榉环绕着。山毛榉郁郁葱葱地伸展着，总能让人不禁联想到他那酷爱植物的父亲。同时，也像是一位老父亲伸出双手守护着自己在世间最为珍贵的一对妻儿一般。每次傍晚下班回来，圭介就会抱着公文包缓缓地爬上山坡来，只要看到自家的山毛榉，就会没来由地感到心安，并不由自主地加快了回家的脚步。晚饭过后，圭介总是将晚报摊放在膝盖上，隔着长长的取火盆，和自己的母亲、妻子悠闲地唠上好几个钟头的家常。

刚结婚那会儿，菜穗子似乎并没有对这种看似“岁月静好”的寡淡生活产生过什么不满。

对此，菜穗子昔日的朋友们都感到很不可思议。为什么菜穗子最终会选择和这样一个平淡无奇的男人结婚呢？然而，并没有人知道当时的菜穗子只是为了快点儿从恐惧不安的生活中解脱出来。

结婚近一年来，菜穗子从未觉得自己的婚姻压根就是一个错误。她曾想，黑川圭介的家庭就算再多么无聊到令人感到清冷，对她来说，也是一个很好的避难所——至少，当时的菜穗子是这样认为的。

孰料，次年秋天，这一切就突然被打破了。

那年秋天，她的母亲，也就是三村夫人因为女儿的婚事忧心不已，最终因为心灵蒙受了巨大打击，突发冠心病去世。这让菜穗子感到自己突然失去了原本的那份安稳——并不是因为自己再也无法忍受这死水般的生活，而是自己突然再也没有了佯装忍耐这种生活的理由。

这件事以后，菜穗子并没有表现出异样，而是像苦苦支撑着什么一样地过着无异于往常的生活。而丈夫圭介也和往常一样，晚饭后基本寸步不离餐茶室。估计这会儿，正跟自己的母亲闲话着好几个小时的家常呢。而被置于话题外的菜穗子却总是一副漠不关心的样子。

不过，圭介的母亲终究也是女人，菜穗子那颗始终无法平静的心似乎都无一例外地被她看在眼里。她似乎明白自己的儿媳一直对现在的生活不满（她是怎么知道呢？），但是她更清楚，比这个更令人感到恐惧的，是一家人原本宁静的生活从此将被沉重的阴霾笼罩……

这段时间以来，住在邻屋的圭介母亲总是被夜里始终无法入睡、发出咳嗽声的菜穗子吵醒，然后就再也睡不着了。但是，一旦圭介或者其他什么东西发出声响，她却总是能很快又睡着了。而菜穗子，也对婆婆的这一切有所察觉。

每当这个时候，菜穗子总是感到一种前所未有的、寄人篱下的束缚感，内心苦不堪言——这不由地让从小就潜伏在她内心深处的郁结开始变得亢奋起来。继而，愈发地激化她对“已然丢失的自我”产生强烈的缅怀。但是，对这一切，菜穗子并没有清晰地认识到，只是尽力再三地忍耐着。

菜穗子由此明显变得消瘦起来。

三月的一个傍晚，菜穗子和丈夫一块去银座办事。在银座熙攘的人群之中，她忽然看见一个酷似儿时玩伴都筑明的男人——大高个儿，看上去很忧郁，的但却还是那副令人熟悉的模样。对方应该是从一开始就注意到了自己，而菜穗子却是在擦肩而过时，才真正确定那就是都筑明。然而，当她回头张望时，那个高高的身影却瞬间消失在了茫茫人海中。

对于那次偶然的邂逅，菜穗子并没有太在意。只是自那天以后，菜穗子就开始莫名地对和丈夫一起外出产生难以抑制的不快。那是一种从习惯性的自我伪装之中清晰剥离出来的情绪，这让菜穗子自己也大为吃惊。与之契合的，是连菜穗子自己也不曾意识到的对于周遭的漠然——在人海中与都筑明的偶然一瞥后，竟不知为何，也一一清晰地涌现了出来，愈发难以掩饰……

四

被上司建议回乡休整的时候，都筑明马上就想到了少年时代里，度过无数个暑假的位于信州的O村。O村现在可能还比较寒冷，或许山上还挂着皑皑白雪……不过，对于O村来说，一切都只是刚刚开始——没有比这神秘的早春山景更能吸引他的了。

都筑明想起在那座原是驿站的旧村落里，有一所经常被夏天过来的学生们借宿的名为“牡丹屋”的大房子。他打电话过去询问，很快便得知目前没有预定，随时都可以过去进住。

于是，在四月初，他就毅然下定决心前往信州休假。

都筑明乘坐的信越线缓缓地越过遍布桑田的上州再进入信州。

此时的信州，仍是一副草木枯萎的寒冬之景，山的背面还挂着斑驳残雪，一副深山环绕之感扑面而来。黄昏时分，列车终于停靠在了背靠浅山间不远处的小山涧里，此时的浅山间因为积雪融化，裸露着部分褶皱的山体。

都筑明在这里下了车。他走在前往村子的路上，村中的景象几乎丝毫没有变化，但却有一种难以言喻的寂寥。并不是因为与不曾改变的旧景相比，都筑明已经不再是原来的自己了。而是因为这副景色向来都是一副孤零零的模样——从车站延伸过来的坡道，映射着晚霞的路边的残雪，立在森林旁像是已被人遗弃的残破小屋，森林中间的岔道（一侧通往村子里，一侧通往都筑明曾度过无数个夏季的森林之家）……从那里出去，就是那座斜斜矗立在火山脚下宽阔原野上令无数游客印象深刻的小山村……

都筑明远离喧嚣的O村生活就此开始了。

山村里的春天来得比较晚。树木还是光秃秃的。只有林间来回穿梭啼叫的小鸟儿才能让人觉察到些许春的气息。一到傍晚，雉鸟就开始不断啼叫。

牡丹屋的人们并没有忘记都筑明年少的往事，也没有忘记他数年之前就已故去的婶婶，大家都对筑明很是照顾。都筑明也借此次旅居的机会，慢慢知道了很多自己年少时候并不知道的事。比如，腿脚不便的旅馆主人以及他那已经年过七旬的老母亲，还有从东京嫁过来的年轻儿媳和出嫁又回到娘家生活的姐姐阳子。

特别是对于牡丹屋主人的姐姐阳子。由于从小就很关注这位姐姐，所以都筑明对阳子的事多多少少了解一些。据说，年轻时候的阳子有着绝美的容貌，很早就嫁到知名的同为避暑胜地的邻村里的M酒店去了。但可能是因为实在待得不开心吧，出嫁一年后的阳子就突然搬回到O村生活……不过，对于阳子一直独自抚养着一个已经十九岁但却因为脊髓炎卧床已七八年之久的女儿初枝一事，却是借着这次旅居才知道的。

对于这样一位曾经有着绝伦美貌的女人来说，如今的阳子显现出一种难能可贵的朴素和低调。虽然已经快四十岁了，但她在房前屋后忙碌的样子仍然那般妩媚动人，举手投足之间俨然还是一副待嫁姑娘般的娇柔。都筑明不禁感叹，在这幽僻的深山之中，竟有如此曼妙的女子，真是让人怀念不已呀。

树林之间交互掩映的枝叶，和着若隐若现的火山，赋予了这次旅居以无限的生机。

来这已经一个多星期了。这段时间里，都筑明几乎转遍了整个村庄，包括森林里曾经居住过的家。无论是已经转卖出去了的故去的婶婶家，还是挨着它的隔壁那座种有大榆树的三村家，似乎都已经多年再没有人来过了，门窗无一例外地被钉子钉得死死的。而那张躺在那颗曾经为大家遮阴纳凉的大榆树下面的长椅，如今也早已破旧不堪，被一堆陈腐的落叶厚厚地堆积着。

直到现在，他也还清晰地记得自己曾在这颗榆树下面度过的最后的一个夏天。

那个夏末，再次回到邻村酒店度假的森於菟彦，又一次突然造访了O村。没过几天，菜穗子就突然一声不响地回东京去了。第二天，都筑明才在这颗榆树下，从三村夫人口中得知此事。少年像是做错事一般，急忙殷切地问道：“菜穗子就没有给我留下什么话吗？”

“嗯，没有。”三村夫人用暗淡的眼神看着他，意味深长地说，“她向来就是这样的性格……”

少年像是强忍着什么一样，重重地点了点头，随即默默地走掉了。

那是都筑明最后一次去榆树之家。第二年以后，他更是因为婶婶过世，就再也没有来过这个村庄了。

坐在这张自己曾无数次坐过的微微倾斜的长椅上，一次次回忆起最后那个夏天里的往事，以及那个可能永远也不会再回来的少女……都筑明忽然起身，暗暗发誓再也不来这里了。

那段时间里，这里每天都会下上一两次滂沱的大雨。有一天，都筑明就在不远处的森林里遇上了这样一场伴着电闪雷鸣的暴雨。

都筑明被淋了一身，好不容易在森林里发现了一间小草屋，于是就赶紧跑了过去。

那应该是个小仓库，然而里面却黑漆漆的，好像什么也没有。他稍稍往里面又走了几步，发现草屋竟比想象中还要深。他摸索着，踩着一张有五六节长的梯子状的东西，到达了屋子的底部。没想到屋子底下的空气竟异常地冰冷，这让他不禁打了一个寒战。更让他吓了一跳的是，里面好像有一个比他先进来避雨的人。

等眼睛慢慢适应这里的黑暗之后，他这才看清楚原来是一个女孩。她怯生生地蜷缩在一个小角落里，似乎是被眼前这位不速之客吓住了。

"好大的雨啊。"他背对着女孩，一直抬头盯着屋外，有点难为情地自言自语道。

然而，雨一点也没有要停的意思，反而越下越大。滂沱大雨冲刷着小屋前火山灰质地的地面，汇成一道道泥石流，裹挟着散落的树叶和折枝四散而去。

破败的小草屋在暴雨的冲刷下，开始滴滴答答地漏起雨来，都筑明根本没有落脚的地方，只能一点一点地往后退。这回和姑娘的距离愈发的近了。

"这雨下得可真大啊。"都筑明回过头，再次用比刚才更大的声音向女孩的方向说道。

"……"姑娘沉默着点了下头。

小明这才近距离地看清姑娘的面孔，原来是同村一家名为"绵屋"的商户家的女儿早苗。姑娘却好像早就认出了都筑明。

都筑明有点发窘。和一个姑娘在这样一个小房子里，谁也不说话，感觉很是尴尬。于是他提高声调说道："这小屋是用来干吗的呀？"

可是早苗似乎也有点难为情，扭扭捏捏地什么也没说。

"也不像平常那种仓库呢……"都筑明的眼睛似乎完全适应了黑暗，又再一次四下打量起小房子来。

"这是冰窖。"早苗终于开口，轻声说道。

滴滴答答的雨点仍然不断从茅草屋的缝隙中滴落下来。不过雨总算是停下来了，外面的天空也逐渐亮了起来。

都筑明感到整个人忽然轻松了许多，不由感慨道："原来这就是冰窖啊！"

以前，当人们在这里铺设铁道的时候，村子里的一部分村民就会在冬天采集一些天然冰，然后放在冰窖里储存起来。等夏天一到，就将冰输往各地。但后来由于东京陆续开了很多大型的造冰厂，很多人便不再从这里采购。所以慢慢地，这儿的很多冰窖也就开始闲置掉了。说不定，直到现在森林里也还残存着一些废弃的冰窖呢！都筑明以前经常听村里人说起这件事，但像现在这样亲眼所见还是第一次。

"感觉用不了多久就会塌了呢……"都筑明再次环顾着小屋，自顾自地说道。

方才滴雨的茅草屋顶的缝隙里，这时突然投来几缕细长的太阳光。早苗也抬头向外看，露出她那不同于村里人的白皙的脸颊。都筑明无意瞥见这一幕，感觉这位姑娘抬头的那一瞬间真美。

都筑明走在早苗的前面，两人一前一后地出了小屋。此时早苗的手里还挂着一个小竹篮。原来是刚从森林对面的小溪那边摘水芹回来呢！出了林子之后，俩人就再也没有对过话，只是沉默着一前一后地穿过桑田，往村子里走去。

从那天起，都筑明就爱上了这片藏着冰窖的林间空地。每天午后，他都会去到那里，躺在残破的冰窖前面的那块草地上，透过前方的这片森林，惬意地眺望着似乎近在咫尺的火山。

每天傍晚，摘水芹回来的早苗就会在他面前经过。渐渐地，这样遇见，然后站着聊会儿天便成了两个人心照不宣的习惯。

五

慢慢地，每天午后，都筑明和早苗都会再现冰窖前待上几个小时。

都筑明得知早苗有些听力障碍，是在一个有风的日子。森林里的树木开始发芽，微风拂过树梢，树梢上的嫩芽就会随风摇曳，发出银色的光芒。每到这个时候，早苗就像是在认真倾听着什么一样，露出一副庄严神圣的表情，让都筑明觉得很好奇。

都筑明只想像现在这样，哪怕什么也不说，只是静静地和眼前这位美好的姑娘相遇就已足够。与其把所有的话都说出来，莫不如这样默默地去感受。可是，究竟要怎样做，才能让眼前这位姑娘明白自己的这份心意呢?

而对于早苗而言，自己并不是特别了解都筑明。只知道，但凡自己说了不该说的话，都筑明就会马上表现出不悦，因此早苗对很多事情都绝口不提。一开始早苗并不明白缘由，只是在心里默默揣测——莫非是因为自己并不知道都筑明家和牡丹屋虽然互为亲戚，但私底下的关系一直就不太和睦，所以，当自己无心聊起阳子他们的事时，都筑明才表现得不悦？可是聊起外面的其他事情，都筑明也还是不太高兴啊。

要说例外，还真有那么一件事情能让都筑明开心地听早苗讲——那就是关于早苗少女时代的故事。特别是对于她和好朋友初枝之间的往事，都筑明能够听早苗反复地讲上好几遍。

原来初枝是因为在十二岁那年冬天上学的路上，被人突然撞倒在冻雪里才患上脊髓炎的。当时村子里很多小孩都在场，但最终也没查出到底是谁搞的恶作剧……

听着早苗讲的这些关于初枝年幼时的事，都筑明不由在脑海里描绘一向要强的阳子其实私底下总是一副暗自辛酸落寞的样子。如今的阳子，似乎已经全然放下了自己的过去，一心为女儿而活。但是都筑明还记得多年前，自己刚来这个村庄过暑假的时候，就听闻阳子和一位春天来她家学习、一直到冬天也不肯回家的法科学生传出谣言。这件事直被别墅里的住家传为茶余饭后的谈资。

原来阳子也有这样迷惘的时候呀！想到这，阳子在都筑明头脑中的形象不由得更加饱满了几分。

坐在早苗身旁的都筑明发着呆想事的时候，总是会下意识地抓起手边的青草，摩挲着自己的脚踝……

他和早苗两个人通常这样度过两三个小时，直到傍晚，才各自回到村子里去。回去的途中，都筑明总是在桑田中间，遇见一位骑着自行车的巡逻人员。那是一位在附近村庄里颇有人气的年轻巡逻员。都筑明从他身边经过的时候，总是会礼貌地点头致意。

他慢慢知道了这位善良的年轻巡逻员正在狂热地追求着方才与自己静静聊天的那位女孩儿。从那以后，都筑明便对这位年轻的巡逻员产生了更深一层的好感。

六

一天早上，正准备起床的菜穗子突然剧烈地咳嗽，她觉得今天的痰有点不对劲，细看之下，竟是血色。

菜穗子并未惊慌，而是当什么也没发生一样，像往常一般梳妆起床，并没有告诉任何人。这一整天，也没见发生什么异常。直到晚上，当她看见刚下班回来无所事事的丈夫，突然萌生想让丈夫在自己面前紧张狼狈一下的想法，于是就私下和丈夫说了早上咯血的事。

“哦，那个没什么关系的。”圭介嘴上这么说着，脸色却变得有点难看。

菜穗子故意什么也没说，只是死死地盯着他看。刚才丈夫的话显得无比的空洞，于是他别过脸去不看菜穗子的眼神，再也没有说什么宽慰的话语。

第二天，圭介并没有跟母亲提菜穗子咯血的事，而是以菜穗子身体不适为由，跟母亲商量要不要将菜穗子送去疗养院。当然，这也是菜穗子自己的意思。

其实圭介的母亲之前就曾向自己的儿子表露过，想让这个总是一脸闷闷不乐的儿媳搬去别的地方住一段时间，这样自己母子二人就能单独过段儿舒坦的日子。可不知为何，这回儿媳生病想出去疗养，她却怎么也不同意了。最终，还是被给菜穗子看诊的医生说服的。至于疗养地，综合医生的建议和菜穗子本人的意愿之后，他们最终选择了一所位于信州八岳山麓上的高原疗养所。

在一个微阴的早上，菜穗子在丈夫和婆婆的陪伴下，踏上了中央线，往疗养所的方向而去。

午后，他们就到达了山麓上的疗养所。

将菜穗子送进位于疗养院二层的一间病房之后，圭介和母亲就赶在天黑之前，急匆匆地回去了。菜穗子目送着在疗养院期间一直像在恐惧着什么似的佝偻着后背的婆婆，和那个只要在母亲面前就不敢跟自己多说话的懦弱瘦小的丈夫，突然觉得很奇怪——为什么婆婆执意要和自己的丈夫一块，特意跑一趟来送自己呢？与其说是关心自己的病情，倒不如说像是害怕自己的儿子与媳妇单独待在一块，儿子的心就会跟着儿媳跑了似的……

比起独自在深山中疗养的那份孤独，菜穗子觉得，像此刻这样无端陷入各种猜疑的自己，才是真正地无聊到了极致。

最初的日子里，每当晚饭后，菜穗子总是会来到窗边，静静地眺望着窗外的山峰和森林，以此来目送着一天的结束。这种纯粹的宁和，让她觉得这里才是真正适合自己的避难所。出了阳台，似乎就能远远地听见从附近村子里发出的声响。偶尔有风拂过，携着阵阵树木的清香，算得上是这里唯一被允许的生命的味道了。

为了能够好好地反省自己的过往，她曾多么渴望能像现在这样、一个人好好地待着呀。直到昨天，她还在渴望着——能有一个地方去安放自己那总是没来由的、连自己都感到不可思议的绝望，去任由这种绝望放肆地填满自己的内心，直到整个身心完全地舒缓过来……而现在，转眼之间这些都一一地正在实现着。

此时的她全然地放空了自己，再也不用刻意地说很多话、刻意地强颜欢笑，更不需要时刻谨言慎行了。

啊，这极端孤独之中获得了重生！——早知道世间竟存在有这般美妙的孤独，她一定会毫不犹豫地爱上它。过往的孤独，不过是每每被母亲和丈夫包围着，所谓的全家团聚时所催生出来的一种束缚。而现在，她再也不用被任何人打扰……

独自一个人在深山之中疗养的她，竟生平第一次品味到了生的喜悦。生的喜悦？那到底是一种单纯因为疾病而对琐事表现出来的漠不关心呢？抑或，不过是当疾病对抗被压制的生命时所恣意滋生出来的一种幻觉罢了呢？

日子简单地重复着……

在这样孤独而没有忧愁的日子里，菜穗子无论在精神上还是身体上，都得以了奇迹般的痊愈。不过，不得不承认，在为人妻的过程中，她也早已不再是从前的那个的自己了。她已经不再是当初那个小女孩，也不再独自一人，亦无可奈何地做了人妻……即使那些曾经给她带来无限痛苦的日常行为，早已在如今孤单的独居生活里失去了意义，但却仍时常被她执拗地勾画着——比如像以前一样，额仿佛正和谁在一起似的，沉默着、紧锁着眉头，强颜欢笑着。而她的眼神，也不禁自然而然地像是在质问着什么不开心的东西似的，久久地凝望着天空。

每次注意到这样的自己时，她就会不禁暗暗对自己说：“再稍微忍耐忍耐吧……再过一阵子就不会了……”

七

转眼到了五月份。圭介的母亲时不时会寄来长长的慰问信，而圭介却几乎从来就没有寄过什么信件过来。她一直以为这就是圭介的性格，没想到，对方不过是觉得“能在这随心所欲地生活，也并没有什么不好”。不过，每当菜穗子不得不给婆婆回信的时候，就算是已经心情舒畅地起床了，她也还是会特意再回到床上，时而仰面朝上地、艰难地用铅笔写着什么，仿佛以此能够刻意制造出写信的氛围和心情似的。如果信并不是写给婆婆，而是给更加率直的圭介的话就好了。就算为了刻意地讽刺他，她也一定会将自己一直以来在这所感受到的、重生的喜悦，毫不掩饰地告诉他吧……

“真是可怜的菜穗子啊。”即便如此，她也时常对得意忘形的自己自言自语地怜悯道，“你那样不顾一切地推开身边的人，煞有介事地层层固守住的自己，真的有那么的好吗？你如此盲目相信的，如此不顾一切坚守的东西，到头来，也不过是一场虚空罢了……”

每每这个时候，她都会知趣地将目光转移到窗外去，以便从这不可抑制的思绪中抽离出来……

窗外，清风徐来，捎来阵阵草木的清香。风儿抚弄着疏密有致的树叶，窸窸窣窣……

“啊，这郁郁葱葱的森林……可真香啊……”

有一天，菜穗子下楼去接受诊察。经过楼下走廊时，她看到27号诊室的外面，有一个身穿白色毛衣的青年男子正在掩面啜泣。那个男子平时一副沉默寡言的样子，总是默默地陪伴在重病的未婚妻的病床前。几天前，他的未婚妻突然陷入病危，他便日夜奔走于病店和药店之间，两只眼球布满了通红的血丝。焦灼的身影，在人群中显得格外的扎眼……

“看来是没得救了，真是可怜啊！……”菜穗子这样想着，实在不忍直视那个可怜的年轻人，便悄悄地从他们身边快步走开了。

经过护士室的时候，由于实在好奇，菜穗子就顺便拐进去跟护士们打听了一下。原来，那位男子的未婚妻刚才竟奇迹般地有了好转。得知未婚妻突然好转，那位素来静静地守在重病妻子枕边的年轻人，突然离开妻子的病床，激动地飞奔而出。而病榻中的病人也似乎明白了这一切，默默地流出了开心的眼泪……

从诊察室回来的路上，菜穗子又撞见了那位守在那间病床前穿着白色毛衣的男子。他依然用双手捂着脸，默默地站在病床边，但并没有哭出声来。这次，菜穗子却不知为何，不由直直地、贪婪地看着那副颤抖的肩膀，随后慢慢地大步从他们身边通过。

自从那天以后，菜穗子似乎突然陷入了无边的苦闷。只要一有机会，就会逮住护士，关切地询问那位年轻女子的病情进展。然而，五六天之后，那位年轻的女子竟在某个夜里突然咯血而亡，那位身穿白色毛衣的男子也在一夜之间从疗养院销声匿迹了。

从护士那里得知这一切的菜穗子，似乎突然从那不明缘由，也并不想知道来由的苦闷中解脱了出来。不过没过几天，她内心那份言不由衷的苦闷，便完全地不见了踪影……

八

都筑明一如既往地在冰窖旁同早苗幽会……

然而他似乎慢慢地变得倦怠起来，几乎不怎么愿意跟她开口说话了。与此同时，自己整个人也开始变得缄默起来。大多数时候，他们俩只是沉默着，肩并着肩，注视着时而从空中飘过的云朵和杂树林上闪闪发亮的新芽。

他时常望向早苗的方向，直直地凝视着什么。只要发现早苗突然莫名地微笑，便会一脸不悦地扭过头去——他已经连她的笑脸都无法再忍受了。确切地说，是已经无法再忍受她那副天真的模样。而这些，早苗也都有所察觉，只不过在都筑明面前，她假装一副什么都不知道的样子。透过余光，她知道，都筑明只不过是习惯注视着她的上方，透过她看向更远的地方而已。

然而，今天都筑明的眼神却似乎并没有眺望远方。早苗以为是自己的错觉，她下定决心，要将自己必须在今年秋天出嫁的事情跟都筑明坦白。告诉他这些，并不是期盼他采取什么行动，只是单纯地想向他倾诉，然后尽情地哭一场，以此来好好地告别自己的少女时光。在这段与都筑明相处的日子里，她似乎一直在压抑自己作为女孩儿应有的天真烂漫。只要是都筑明提出的事情，就算是多么令自己感到为难，她也根本生气不起来，反而觉得自己能够因此变得愈发地少女。

森林的不远处，一直隐约地传来阵阵的伐木声。

“那边好像正在伐木呢。听起来可真叫人难过呀。”都筑明不由喃喃道。

“那一带原属于牡丹屋，但两三年前就被人卖掉了……”早苗漫不经心地回答道，转而又在心里暗自不安起来，生怕都筑明会因此感到不高兴。

然而，都筑明却什么也没说。只是，那一直空洞的眼神里瞬间划过一丝悲伤。他不禁想，连这个村子里唯一一个历史悠久的牡丹屋也不能幸免逐渐沦落到他人之手，其他地方也肯定过犹不及吧。那户世代扎根于此的可怜人家啊——腿脚不便的牡丹屋主、他的老母亲、阳子小姐以及她疾病缠身的女儿……

那一天，早苗最终也没能将想说的话说出来。直到太阳落下山去，都筑明迟迟不愿回家，早苗只好一个人无奈地先回去了。

都筑明像往常一样无情地打发早苗回家之后，不一会儿才突然回想起今天的早苗似乎有些怪怪的，总感觉她似有什么难言之隐。想到这，他立即站起身，走到不远处的红松树下往山下看。这里，能够沿着村道一直看到她回村的背影。

山下，早苗正缓缓地走在被夕阳映射得通红的村道上。和她在一起的，还有那个平常推着自行车的年轻巡查员。俩人一前一后地走着。虽然身影很小，但是清晰可见。

“去你该去的地方吧……”都筑明独自想着，“我早就希望这样。话说回来，我也不过是为了失去你而追求你的。如今，你的离去正是我迫切希望的。我需要的正是这种迫切的失落感。”

都筑明似乎很满意方才自己的想法，不由露出一副坚定的神情。他手把着红松，背对着夕阳，一直目送着早苗和那位巡查员的身影，直到完全消失。

夕阳下，两个人始终隔着自行车，远远近近地走着。

九

进入六月以后，被允许每天可以散步二十分钟的菜穗子，经常在心情好的时候，独自一人到山麓附近的牧场去闲逛。

牧场一直延展到遥远的山那边。地平线附近，高耸着的树林透过不规则的空隙，斜斜地投下紫色的影子。原野的尽头，牛群和马儿混杂在一起，悠闲地在草地上停停走走，时而又低头静静地啃食着青草。

菜穗子沿着牧场层层环绕的栅栏走着，思绪也跟着漫无边际地游走。不一会儿，便如往常一般不由陷入了深思。

“哎，为什么我要结这门婚呢？”菜穗子这样想着，随处找一块草坪坐下。她不禁开始怀疑，“难道就没有除此以外的活法了吗？我当时为什么就像是陷入死胡同一般，认定那就是自己唯一的避难所，所以才迫不及待地想要躲进这场婚姻里呢？”她想起婚礼当天自己跟新婚丈夫并肩站在礼堂入口，向前来祝贺的年轻男子们鞠躬致意。当时的她甚至觉得，就算是和这些男子中的任何一个结婚，她也一样够格儿。这样想着，继而莫名地对和自己并排站着比自己个儿矮的老公，产生了一种心安。“哎，当时的那份‘心安’到底跑到哪儿去了呢？”

菜穗子越过牧场的栅栏，来到一片距离牧场很远的羊胡子草地上。

牧场的正中央，有一株大树孤零零地立在那儿。“连站姿都透着一股悲剧的气息。”菜穗子这样想着，心里萌发出一丝好奇。此时正好牛马群在草原的远处啃食着青草，于是，她便大胆地决定靠近那棵树去看看。慢慢靠近后她才仔细端详起来……她也说不上那棵树具体有多大，但是枝干一分为二，其中一条枝干上生长着郁郁葱葱的绿叶，而另一边却一副苦闷的样子，只剩下树杈，枝叶几乎全部已经枯萎。菜穗子看看一旁被风吹动着熠熠发光的枝叶，又看看另一旁无比悲惨的枯萎了的树杈，不由在心里默念着，“我肯定也是这样活着的吧——伴着半分的枯萎……”

似乎是被自己这样的想法感动到了，在返回牧场的时候，她竟不再那么害怕牛马群了……

时间一点点接近六月的尾声，看起来是要下梅雨了。菜穗子接连好几天都没有外出散步。这样无聊的日子，几乎令她无法忍受。一整天里，菜穗子几乎无所事事地等待着傍晚的来临。好不容易盼来了夜晚，外面又开始淅淅沥沥地下起雨来。

真是让人沮丧……

在这样微凉的日子里，圭介的母亲突然前来探望。得知此事，菜穗子赶紧去疗养院的大门前迎接她。这时，正好遇见一个年轻患者正在病友和护士的目送下出院。菜穗子和婆婆亦在人群中目送着这位病人。此时，一旁的护士悄悄地对她说："那是个年轻的农林工程师，说是非要去完成某项研究，也没有听从医生的忠告，就独自下山去了。"

"哎……"菜穗子不由地叹息道，又重新抬头看了看那个人。人群中，只有他一副西装革履的打扮，乍一看根本不像是病人。不过仔细一看还是能明显地发现，和那些手脚发黑的患者相比，他显得更为瘦削，手脚的肤色也更加难看。不过尽管如此，他的眉宇之间却浮现出一种在别的病人身上看不见的、难以掩饰的朝气。这让菜穗子不禁对那位不知名的青年产生了一种莫名的好感……

"那些都是病人吗？"婆婆一边尾随菜穗子走在楼梯上，一边用一种惊讶的口吻问道，"个个看起来都比普通人精神啊……"

"但实际上都好不到哪儿去呢。"菜穗子不由自主地站到病友们那一边。“只要气压突然变化，他们中就会有人会咯血。一旦病人们聚集到一起，就会心照不宣地集体陷入不安，担心下一个搞不好就是自己。所以，与其说是‘精神’，不如说是强行苦中作乐罢了。”

菜穗子一边打消对方那毫无根据的论断，一边担心婆婆是否也是这样看自己，于是便十分不安地向婆婆说明自己左肺的阴影一直都没能取掉之类。这样，也就多多少少能让婆婆为自己独自居住在这深山中的疗养院里感到担忧一些吧……

进入位于医院尽头二楼的病房里，婆婆只是环顾了一圈散发着甲酚气味的病房，就一副担心待久了就会死在里面似的，满脸恐惧的神色，赶紧走到阳台那边去了。阳台外面还有点微冷。

“欸？为什么这人一来到这儿，就总是弓着后背呢？”菜穗子顺手将手搭在阳台的栏杆上，有点厌恶地盯着背对着自己的婆婆，暗自揣测道。正在这时，婆婆突然转过身来，发现菜穗子正盯着自己看后，便立即挤出了一副假惺惺的笑脸。

仅仅过了一个小时，婆婆便执意要打道回府，不论菜穗子如何百般挽留。于是，菜穗子只好再次将婆婆送到医院门口作别。

看着婆婆那因为恐惧而微微蜷曲的后背，她感受到一种前所未有的、强烈的厌恶感……

十

行至人生半百的黑川圭介，最近渐渐体悟到了大多数人在人生的一开始就会经历为别人而苦恼的感觉。

九月初的某一天，圭介因为谈生意的缘故，在工作时接受了远房亲戚长与的拜访。商谈接近尾声，两个人的话题便逐渐转入个人话题上。

“我听说您夫人进某个疗养院了呀？最近怎么样了？”长与一脸奇怪地眨着眼打探道。这是他每每询问别人事情时，就会露出来的怪癖动作。

“也并没什么大碍。”圭介感到一丝轻微的难堪，试图转移话题。菜穗子因为肺病入院治疗的事，母亲为了避嫌，曾特意叮嘱圭介千万不要告诉任何人。为什么眼前这个男人会知道这件事呢？圭介感到非常惊讶。

“听说,不是住进了一所专门收容严重病人的特殊医院吗？”

“没有的事。你搞错了！”

“哦，那就好那就好……我也是前段时间才听我母亲说的。她说这事儿还是你母亲亲口告诉她的呢。”

圭介马上变了脸色道：“我母亲才不可能会说那种事呢！”

圭介板着脸，随后便将长与婉送出去了。

当晚，圭介和母亲两个人坐在餐桌前正准备饭。一开始，圭介只是漫不经心道："菜穗子住院的事，长与也知道了呢。"

可是母亲却一副故作糊涂的样子道："是吗？这种事他们是怎么也知道的呢？"

圭介一脸不快地别过脸，不去看母亲。然而，却在不经意间发觉自己的身旁似乎少了点什么……他望向菜穗子平常坐着的位置——在无数个这样的场景里，圭介和母亲总是习惯性地忘记一旁的菜穗子，两个人自顾自地谈论着一些熟知的旧友，或者是日常经济上的琐事，以此来打发时间。却不曾注意到，被置于话题之外的菜穗子总是在一旁，像是在拼命隐忍着什么似的紧绷着神经，埋头不语……但是这一刻，这些竟都突然一一清晰地呈现在圭介眼前。这对圭介而言，可以说是头一次。

圭介没有想到，母亲一方面对于儿媳罹患肺病住进疗养院的事情表现出忌惮，在人前粉饰说，菜穗子只是有点神经衰弱，换个地方散心休养去了。并以此为由，一直不让自己前往探望。一方面却在私底下刻意散播菜穗子生病的事情。现在想来，还是让人不敢置信……

圭介早就知道母亲和菜穗子时常会互通书信。但却极少向母亲询问菜穗子的身体状况，偶尔问起，也只是满足于母亲敷衍的回答，更从未深究过这些往来的信件里面到底写着些什么样的内容。然而，在那天与长与谈话后，他才突然发觉，原来母亲总是在背地里向自己隐瞒着什么。他不禁为自己当时激烈的反应和没来由的焦躁感到懊悔。

在这事两三天后，圭介突然对母亲说，自己第二天会向公司请假，前往疗养院探望菜穗子。母亲听后，脸色十分难看，但也只好无可奈何地应允了。

十一

黑川圭介想到自己的妻子此时或许已经病入膏肓、生死垂危，不由得升起一股难以言喻的不安。他极力与这种不安抗争着，在分开后第二百二十日来临之前，便冒着狂风暴雨急匆匆地赶往信州南部。

这天的天气很不妙，时而狂风大作，豆大的雨点胡乱地拍打在车窗玻璃上，发出噼里啪啦的巨响。狂风暴雨中，列车在即将抵达靠近边境的山地时，为了更换至未受损的轨道，开始多次后退。车窗玻璃被厚厚的雨水冲刷着，基本看不见外面的情况……

看着这一切，平日便不习惯长途旅行的圭介，逐渐感到自己正被拖往完全不可预知的方向去。

列车在一个和山谷外的车站差不多的站点停下。直到列车再次发车的间隙，圭介这才发现那就是疗养院那一站，于是慌忙地跳下了车。狂风暴雨将他淋了个透彻……

车站前什么都没有，只有一辆被雨水冲刷的、陈旧的汽车停在那儿。圭介前方站着的有一个年轻女性。因为要去同一家疗养院，两个人便一起乘坐前往。

“有病人突然情况恶化，我需要尽快赶回去……”那个年轻女性略显焦急地解释道。她是邻县K市的一名护士，据说是因为疗养院有病人突然咯血，而临时被抽调过来帮忙的。

圭介顿时感到局促不安，慌忙地问道：“是一名女患者吗？”

“不是，好像是一个初次咯血的年轻男子。”对方淡淡地回复道。

汽车冒着狂风暴雨从村庄疾驰而过。居民房前的泥水坑被车轮碾压，不断地溅起污浊的水花。驶过小村庄后，汽车便开始向坐落于一块倾斜地带的疗养院的方向攀爬。突然变大的引擎声和倾斜的车身，使得圭介的不安又增多了几分……

因为正好是病人们休息的时间，此时医院门口一个人也没有。圭介脱去湿漉漉的鞋子，一只手提着鞋子，急匆匆地往走廊走去。他看到跟前儿有一间房，以为就是那儿了，仔细一看才发现是自己搞错了，于是只好重新折返回去。折返途中，有一间病房的门恰好虚掩着。他下意识地往里窥探，突然瞥见眼前的病床上，一名微微长着络腮胡的年轻男子正仰躺在病床上，一张脸苍白如蜡。那位男子似乎也注意到了站在门外的圭介，但并没有扭头，只是像鸟儿一样，将他那双瞪得大大的眼珠转向圭介的方向。

圭介不由地被吓了一大跳。正准备快速走开时，房门内侧突然有人走过来，伸手将门关上，并点头对他微微致意了一下。圭介这才发现，原来那是刚才一同乘车的年轻护士。只不过这会儿已经换上了白色的护士服。

圭介终于在走廊里遇见一名护士。上前询问之后，才得知菜穗子在前面一排的病房里。在护士的指引下，他登上走廊尽头的台阶，这才看到菜穗子所在的病房。

“对了，就是这儿。”圭介突然回忆起自己之前送妻子入院时的场景，径直往菜穗子所在的三号病房走去，一颗心扑通直跳。“菜穗子或许已经非常虚弱了吧？搞不好就像刚才看见的那个咯血病人一样，瞪着死鱼一般大得吓人的眼睛。意识模糊到恐怕连我都认不出来了吧……”想到这儿他不禁打了个寒战。

圭介极力平复忐忑不安的心情，轻轻地敲了一下门，随后慢慢用手将门推开。病房内，病人们正安静地躺在床上休息，似乎根本不关心进来的人是谁。

“怎么是你？”菜穗子闻声，终于回过头来，眼神中掠过一丝难以遮掩的惊讶。一双眼睛，大概是因为消瘦的缘故，显得愈发地大了。

圭介恍惚地看着眼前的菜穗子，内心一股难以抑制的激动。

“我一直就想过来探望你，但实在没能抽开身。”

听到丈夫如此牵强的辩解，菜穗子眼中异样的惊讶一下子消失殆尽。她将突然暗淡下来的眼神从丈夫身上移开，望向双层玻璃窗的方向。窗外，狂风卷着骤雨，时不时狠狠地打在玻璃上。

圭介感到很不满，自己好不容易冒着暴风雨舍命赶来，妻子却一副不冷不热的样子。不过，转念又想起了自己这一路上强忍的不安，顿时也就生气不起了。

“怎么样，你的身体好些了吗？”圭介一本正经地向妻子询问的时候，总是习惯性地将眼神移至窗外。

“……”菜穗子深谙丈夫的性格，倒也不在乎对方到底是否正在暗暗地看向自己。沉默着，点了点头。

“这样啊，那再静养一段时间的话，你应该就能痊愈了吧？”圭介眼前突然浮现出刚才那个咯血患者死鸟一般让人恐惧的眼神，于是鼓起勇气，向菜穗子投去一个试探性的眼神。

然而，抬眼的瞬间，却发现菜穗子正用一副怜悯的眼神看着自己。圭介感到很疑惑，为什么她总是用这种眼神看着自己呢？他别过头，兀自朝飘着雨的窗户走去。窗户外面，密密麻麻的雨点拍打在树叶上，发出嘈杂的噪音。浓浓的雨雾中，丝毫看不清对面的那栋病房。

滂沱大雨一直下到傍晚也没有停，而圭介似乎也丝毫没有要回去的意思。天终于快要黑下来了。

“我能在这儿借宿一晚吗？”圭介抱着胳膊立在窗前，突然在树叶的嘈杂声中开口询问。

“这儿恐怕不行吧……不过村子那边倒也确实没什么旅馆呢。可是，这儿……”

“这里也不是不能睡啊。我倒觉得比旅馆什么的好多了。”他这才开始打量眼前这间狭窄的病房。“我可以在地板上凑合一晚。反正天气也不太冷……”

“这个人真是……”菜穗子频频地打量他，惊讶之余，轻声地揶揄道，“变了不少呢……”这句说不说都两可的话语听起来倒像是在夸他。

然而，圭介并没有觉察到，说这句话时，菜穗子的眼神里竟藏着一丝挖苦。

圭介独自一人到陪护员特供的食堂吃完晚饭后，又独自一人来到值班护士处提交了借宿申请。

大约晚上八点左右，值班护士给他拿来了陪护人员专用的组合式被子和毛毯。待护士给病人们量完体温回去后，他才开始一个人稍显笨拙地铺设床铺。菜穗子在病床上静静地看着角落里忙碌着的圭介，恍惚间，竟似乎看到了他母亲身上的那种狡黠。这不由让她眉头紧锁。

“这样就可以睡了……”圭介试探着、坐上方才自己亲手铺设的床铺，一边将手伸进衣服口袋里摸索着，拿出一支香烟。

“走廊应该可以抽烟吧？”

菜穗子并没有理会他。

圭介只好悻悻地迟疑着缓缓走到走廊。他点燃了香烟，一边吸着香烟，一边来回踱步。那来回走动的脚步声一直回荡在房间外。

病房内的菜穗子只好默默忍受这来回走动的脚步声以及树叶噼里啪啦的风雨声交替在耳边响起。

等圭介再次回房间的时候，他看到一只飞蛾正绕着妻子枕边飞来飞去，在天花板上投射出巨大的影子。

“睡前记得关灯啊。”她说完，便一脸厌恶地闭着眼躺下了。

他轻轻靠近妻子枕边，驱走了那只可恶的飞蛾。熄灯之前，他不经意间看见她紧闭的双眼周围，有一轮重重黑眼圈，瞬间感到十分心疼。

“还不睡吗？”黑暗之中，菜穗子终于忍不住，对一直在自己床尾方向翻来覆去的丈夫问道。

“我不睡也没关系的……毕竟早就习惯了……不过，独自一人在这种地方、度过这样的夜晚，可真令人感到厌烦啊……”圭介这样说着，突然翻过身去，背对着她，像是能够以此攒足勇气似的说道，“……你就不会想家吗？”

黑暗中的菜穗子不禁蜷缩着身子回答道：“身体没痊愈之前，我是不会回去的。”说完，她转过身，背对着圭介，沉默着，装作已经沉沉睡去的样子。

圭介一时之间竟也不知如何回复。

两人逐渐被四面八方涌来的黑暗团团包围。没过多久，便只剩雨点敲击着树叶的噪声，一点一点填满空气……

十二

翌日，菜穗子看见一片被狂风击打而紧紧贴合在窗玻璃正中央的树叶，感到很是不可思议。她怔怔地盯着它，像是突然想起了什么好笑的事情似的，嘴角不知不觉浮现出一丝微笑。菜穗子被这样的自己吓了一跳。

“你可比我年纪小，能不能别老用那种眼神看着我呀？”回去的时候，圭介突然像往常似的躲闪着眼神，轻声地向她抗议道。菜穗子出神地看着窗户上的这枚神奇的树叶，全然忘却了风雨。恍惚之间，不觉透过投射在玻璃上的自己的黑眸，联想起丈夫那声突如其来的抗议。

“我这种眼神并不是现在才有的啊。从小，我那死去的母亲就不太喜欢我这样的眼神。他是直到今天才发现吗？还是说，他一直就注意到了，只不过直到今天才跟我说？不知道为什么，总觉得昨天晚上的他有点怪怪的，一点儿也不像他……不过，那个人一向那么胆小，昨天又赶上那么严重的暴风雨，一个人坐车肯定会很害怕吧……”

一整晚，圭介都像是在惧怕着什么，辗转未眠。好不容易熬到天亮，翌日接近正午的时候，天空中的阴云终于逐渐消散空气中升起一层浓浓的雾气。他如释重负般赶忙奔往车站。不料，不一会儿，天气又突然起了变化，在他犹豫要不要即刻乘车返程的间隙，天空便毫不留情地下起了暴风雨。

菜穗子略带关怀地想到丈夫的境遇，但根本也谈不上担心。她饶有兴味地看着那枚牢牢嵌附在玻璃上好几个小时宛如贴画般的树叶，忽而间又扑哧地笑出声来……

与此同时，载着黑川圭介的列车，正顶着肆虐的风雨在布满丛林的边境艰难行进着。

对圭介而言，比起这肆虐的暴风雨，在山中疗养院里经历的一切，才更为令人难忘，直到现在回想起来还心有余悸。那对他而言，可谓是与未知世界的第一次亲密接触。

回程的暴风雨比来时更为猛烈。除了与车窗玻璃剧烈摩擦痛苦地摇晃的树木之外，外面几乎什么也看不到。圭介生平第一次失眠，他的思绪开始不由自主地游离——反复想到自己那愈发孤独的妻子在她身边始终置身事外的昨夜的自己，以及恐怕正独自守在大森家里等待自己归来而彻夜未眠的母亲。

在这个世界上，母亲这种角色总是自然而然地带着一种排他性吧？她们总是认为，只要和儿子一起，母子二人安然地守护着宁和幸福的家就已足够……也正因如此，她们甚至能够无情地将自己的儿媳驱逐到别处……相较之下，一直浮现在他眼前的菜穗子就像厚重到不可思议的、关乎生死的命题。而这道命题下，暗暗藏着一道浅浅的裂痕……他的内心激荡着异样的波澜。那份波澜像是被赋予了某种强大的力量，将他目前为止所有的思考和安逸一一激发了出来。

列车沿着丛林密布的边境疾驰在暴风骤雨里，圭介在此期间几乎全程闭着眼睛，完全任由思绪淹没自己。偶尔因为风雨过于肆虐而惊得突然睁开眼睛，却又每每因为身心俱疲，又自然而然地闭上双眼。随后，便又马上回到虚幻与现实的恍惚之中。当下的现实和当下萌生出来的幻象再次交融，圭介感觉自己正置身于半是虚妄、半是真实的双重世界。连同自己刚才那试图看清窗外却最终因为无功而返，只好空洞地发着呆的眼神，居然也变得交错起来。他感觉自己的眼神越来越像昨天抵达疗养院后，在虚掩着的门后迎面撞见的濒死者那双令人毛骨悚然的眼神，抑或像是在那以后变得不敢直视的菜穗子那空洞的眼神，又或者……其实三者早已相互交融……

窗外突然变得明亮起来，这让他紧绷的神经不禁放松了几分。他用手指轻轻擦了擦附在玻璃上的雾气。原来，列车终于穿过边境周围的山地，驶进了一块巨大的盆地中央。

暴风雨丝毫没有减弱。放眼望去，周围的葡萄地之间，站着五六个穿着蓑衣的人，像是在相互呼喊着什么……看起来极为显眼。乘客们纷纷向这些不寻常的身影投去好奇的目光，列车内也逐渐变得喧闹起来。人群中，有人解释道：昨天夜里的暴雨一直夹杂着大量的冰雹，使得好不容易成熟的葡萄地被严重损毁。农夫们只能在一旁束手无策，默默地等待着雨过天晴。

列车每到一站，车内的喧闹便更甚一层。窗外，浑身淋透的站员似乎一边骂骂咧咧着什么，一边不断地在雨中穿梭。

列车驶过满是凄惨的葡萄田的平地，又再次进入到山地。这时候，乌云已经逐渐退散开来。云团的空隙里，时不时透进一缕缕阳光，温暖地洒在车窗玻璃上。

圭介逐渐清醒起来，并突然回想起一路上不可思议的自己。那个像濒死的病人鸟儿似的异样眼神，以及方才那不知不觉中和他变得有点相似的自己的眼神，已经全然被他抛在了身后。只有菜穗子那痛苦的眼神，依然鲜明地刻在他眼前，挥之不去……

列车抵达雨后的新宿站时，赤红的夕阳正好笼罩着大地。落脚的瞬间，圭介被扑面而来的一股闷热吓了一跳，进而突然回忆起深山中的疗养院那让皮肤紧绷的冰凉。

他穿过月台上的人海。不知为何，前面有大量的乘客聚集在那儿，他停下脚步，下意识地瞥了一眼公告牌。那是一则关于自己所乘的中央线列车有部分线路停运的通知。据悉，是因为刚才自己所乘坐的列车线路上，有一座山峡中的铁桥断了，导致后面的列车被围困在暴风雨之中动弹不得。

“什么啊，原来是这样……”圭介一副恍然大悟的表情，再次带着一种异样的心情扎进月台的人潮中。在这茫茫人海之中，只有自己的内心正悄悄地被山上某种异样的东西占据着吧。想到这儿，径自穿梭在人群的圭介突然感到一种孤独的悲痛。然而，他并没有意识到，此刻在他内心充斥着的，其实是一种距离死仅一步之遥的对于生的不安。

那天，他并没有立即回家。而是到新宿的一个店里吃饭，随后又闲逛至附近的茶店悠闲地喝了会儿茶。最后才慢悠悠地从银座出来，扎进夜晚的人潮中游荡。在记忆里，这种体验几乎是自己四十岁以来的唯一一次吧。

期间，他也曾偶尔想起自己的母亲——此刻的她正在焦灼不安地等待着自己回去吧。但每念及此，他却反而总是特意拖延回家的时间，像是希望母亲那般痛苦的样子能在心里多停留片刻一般。那种一如死水般的母子二人清冷无聊的生活已经被他默默忍耐了太久！

菜穗子的眼神仍然时不时清晰地萦绕在他的脑海中，但他却并不感到反感。而那张时不时在他脑海里浮现的，关于生死的影像却愈发变得模糊起来。

慢慢地，他开始觉得，自己与那些在自己身边行走着的人并没有什么区别。原来，之前那些似梦似真的东西，不过是连日累积的疲劳所致……

他怀着一种无可奈何的心情，像是被什么东西拉扯着，终于朝大森的家中走去。也因而终于清醒地意识到，自己即将回去的是母亲的身边。直到夜里将近十二点，才终于回到了家中。

十三

为了给女儿初枝治病，阳子带着女儿来到东京接受治疗——听到这个消息后，七月以来又变得像往常那般忧郁的都筑明，便特意来到位于筑地的医院探望。彼时已经接近九月底了。

“孩子情况怎么样了？”都筑明有所顾忌地，尽量不看向躺在病床上的初枝，用关切的口吻向阳子询问道。

“承蒙您的关心——”阳子是山里的女人，这种场合下和都筑明接触起来显得有些拘谨。她用感激的眼神看着他，似乎有点儿欲言又止。“怎么说呢……跟预期的不太一样。好几个医生都给看过了，但是都没有下什么明确的结论，这可真是让人发愁。我此行本来是打算带着她来东京做手术的，可是医生们看诊后却都说即便做手术效果也不会太理想。”

都筑明瞥了一眼浅浅睡着的初枝。如此近距离地看着初枝，这还是第一次。初枝长得和她母亲一样，有着一张鹅蛋脸，端庄清秀，看着并没有想象中的憔悴。每当有人当着她的面儿聊起她的病情，她也丝毫不会生气，只是露出一脸羞涩的模样。

阳子起身沏茶的间隙里，都筑明和初枝的眼神迎面撞上，都筑明竭力回避她的眼神。在自己面前，初枝似乎显得有点不知所措，一副极度不安的样子，把小脸憋得通红。早就在背地里听说初枝时常像十二三岁的小姑娘一样，用撒娇的口吻对她母亲说话,但从没想过眼前的她眼睛里,竟能透露出如此有女人味的眼神。

都筑明突然想起眼前初枝是自己初恋早苗的发小。而早苗如今应该早在初秋时就已经嫁给了那个和自己相识的、备受村里欢迎的年轻巡查员了吧。

那天以后，每隔两三天，都筑明都会在下班以后特意去医院看望这对母女。

秋日的夕阳总是洒满初枝的病房。都筑明看着母女俩在这样温和的阳光下，自然而然的交流和举止，突然觉得整个空气中都飘散着O村特有的气息。他贪婪地汲取着。每当这个时候，他总是觉得，自己一直苦苦追寻的，想从山里的姑娘身上找到的某种东西，竟意外地从这对母女身上找到了。

而阳子也好像早就知道自己和早苗之间的事，但却一直三缄其口，这一点，也让都筑明顿生好感。仅仅这些，就让人时常想一头埋进这位年长的姐姐温暖的怀里，只是尽情地闻着属于村庄的气息，并不需要太多的话语，便足够得以宽慰……

“最近半夜醒来总觉得空气湿漉漉的，导致心情也不是特别舒服。”习惯了山中干燥空气的阳子，这次长时间滞留在东京，自然很不习惯。这样的抱怨，也就只有都筑明能够理解了吧。阳子是个土生土长的大山里的女人。在O村，她算得上是山里难得的面容姣好和气质又佳的女人。但是在东京，哪怕不出医院半步，她的模样在人群中看起来也与周边的事物极为不协调，浑身上下透着一股浓浓的乡土气息。

饱经沧桑却仍然葆有年轻女人风韵的阳子，和她那因为常年患病而依然孩子气十足的妙龄女儿初枝——这两个人到底谁是谁？不知不觉中，让都筑明时常觉得难以分辨……

从医院往回走的时候，他总是在被送别的途中，清晰地感受着身后阳子的气息，并且不止一遍地想象着自己今后的人生或许将与这对母子紧紧相系。这也并不是没有可能的……

十四

一天下午，都筑明因为有点发烧，于是早早地结束了事务所的工作，径直回到了家中。大概因为平时总是早早地下班去医院探望阳子母女，像今天这样天还没黑就到达车站，还是不多见的。

从车上下来的时候，夕阳已经染红了道路两旁的树林。暗红色晚霞，正细细长长地铺在西边的天空上。他停下脚步，抬起头静静地仰望着这副美妙的景色，不料，却迎来了一阵剧烈的咳嗽……这引得一位面朝站台方向站着似乎在思考着什么的矮个儿男子像是突然被吓了一跳，好奇地回头瞥了他一眼。都筑明瞬间觉得这个人很眼熟。而那个男人回头看见的，也只不过是一个年轻男子为了抑制咳嗽，手捂着嘴、弓着背的模样。

咳嗽好不容易平息些许下来了。起初都筑明并没有太在意那个人，他再次往台阶走去，刚抬脚，瞬间就似乎想到了什么——刚才那个人好像是菜穗子的丈夫！他立刻回头望去。

泛黄的树林和夕阳下，那个人仍然背对自己站着，和刚才一样，一副眉头紧锁的样子。

“那个人看起来好孤独啊……”都筑明感慨着出了站。

“难道是菜穗子怎么了吗？会不会是生病了？之前遇见菜穗子的时候，我就这么觉得。不过，这个男人乍一看给人印象不怎么样，没想到还挺善良的呢……不过话说回来，对于我来说，是无论如何也不擅长跟没有孤独感的人相处呀……”

回到住处的都筑明担心咳嗽再次发作，于是衣服也没脱，便直接坐在了朝西的窗户旁。

他倏尔想起了菜穗子。此时的菜穗子或许正在西边的某个远方，过着连自己也未曾料想到的不幸福的生活吧……都筑明出神地眺望着窗外被夕阳染红的天空和微微泛黄的树枝，恍然间觉得这就像是有生以来第一次似的。

天色逐渐变化，都筑明渐渐感到一种深入骨髓的寒冷袭上身来。

此时的黑川圭介仍然兀自地站在月台的一侧，面朝西方被夕阳染红的天空，一副若有所思的样子。从刚才起，他已经错过好几趟电车了，但是看起来一点儿也不像是在等人。期间唯一一次打破他那几乎一动不动的姿势，是方才有人在他身后剧烈的咳嗽，由于被吓了一大跳，这才转身看了一眼。那是一个不认识的青年男子，个子高高的，身形消瘦。这样剧烈的咳嗽声，圭介还是第一次听到。他突然想起自己的妻子每当天将拂晓，都会发出类似的咳嗽声……

几趟电车过去后，一列长长的中央线电车突然呼啸而过，地面也随之发出轰隆隆的巨响。圭介冷不丁被吓了一跳，他抬起头用讶异的眼神直直地凝视着穿行而过的每一节车厢，像是试图把每个人的脸都看清楚一样……

“他们在几个小时以后，便可以穿过八岳山的南麓，透过车窗隐约看见妻子所在的疗养院那红色的屋顶吧……”

黑川圭介是个本性单纯的男人。他一度认为自己妻子正在过着不幸福的生活，而其原因正是当下这种分居生活。因此，他觉得如果不解除分居状态，这种思想负担将会一直跟随着自己……

自他到山中的疗养院探望菜穗子归来，已经过去了一个多月了。这阵日子，公司的事务十分繁忙，加上秋高气爽，让人的心情自然而然地舒缓起来。可是，探望菜穗子的事情却仍然像刚刚发生一样，一直深深印刻在圭介的记忆里。

结束一天繁忙的工作，便迫不及待地拖着疲惫的身体扎进傍晚归途中的圭介，总是毫无征兆地想到妻子已经不在家里了，于是便又开始无可抑制地一一回想起当时的场景——突然被暴风雨围困的高原疗养院，在列车返程东京时所遭遇的暴风雨……而菜穗子，也总是在某个角落里直直地盯着自己。圭介甚至突然感觉，那个眼神正在一旁闪烁。他时常心中一惊，随后迅速搜寻着电车里是否有某个女人正流露着跟菜穗子相同的眼神……

圭介一次也没有给妻子写过信。像他这样的男人，大概从没想过要用这种方式来填补自己的内心吧。或者，就算有过这样的想法，他也断然不是那种会即刻采取行动的男人。他知道母亲一直和菜穗子有书信往来，却从来不曾过问；就算偶尔看到菜穗子用铅笔潦草地写下的信，也从来没想过要打开看看。唯独实在有些在意的时候，才会偶然凝视一番。每当这个时候，他总是在不经意中，想象着自己的妻子正平躺在床上，用铅笔轻轻摩挲着那张消瘦的脸颊，一边绞尽脑汁地挤出一些违心的话语，一边懒散地写在信上的模样……

圭介内心的这份苦闷一直没有对任何人说起。直到有一天，他偶然和一位彼此没有隔阂的同事出席前辈的送别会……

想到这个人各方面都还靠得住，圭介便借着酒劲鼓起勇气跟他说了妻子的事。

“真是可怜啊！”酒酣微醺的同事一脸体恤地倾听着，然后像是突然想到了什么似的，冒出一句。“不过，这样的妻子反而倒是让人放心啊！这样不也挺好的吗？”

圭介最初并没有明白对方的话中之意。不过，他很快就想起自己此前曾听说过这位同事的妻子一贯品行不端，于是便再也没有跟这位同事说起妻子的事情了

同事的话语，让圭介觉得心里被什么堵得慌一样，几乎一整晚都未曾合眼，一直想着妻子的事情……

对他来说，当下菜穗子所居住的深山疗养院，宛如是世界尽头一般。对于并不能完全理解那些所谓的“来自大自然的慰藉”的他而言，环绕在疗养院四面的高山、密林和高原，不过是一种隐形的障碍，只会一味地加重菜穗子的孤独，将她完全地隔离出这个世界……在那偌大的自然的牢笼中，菜穗子就像是已然缴械投降一般，全然地放弃了自己，只是茫然地，静静等待着死神的靠近……

“这到底算是哪门子的‘让人放心’呢！”圭介独自躺在床上。黑暗中，心里突然冒出一股不知向谁发泄的怒火。圭介曾几度在心中暗下决心，要跟母亲提出把菜穗子接回东京来。可是，自菜穗子走后，好不容易心情愉悦，如释重负一般的母亲肯定又会以

“菜穗子养病”为由，用一如既往的强硬态度，果断地拒绝吧……

想到这儿，圭介不禁心烦不已，只好又默默搁置了这个念头。——而且，考虑到此前菜穗子和母亲之间的隔阂，就算自己成功将菜穗子带回来了，能不能让菜穗子真正的幸福亦是两说。

最终，一切还是维持了原样。

一个刮着台风的日子里，圭介参加完一位故人的葬礼后准备回家。他一边在站台上等待着电车的到来，一边在夕阳照射下的月台上来回踱步。突然，中央线上一辆长长的列车从他身边疾驰而过，瞬间扬起无数枚落叶，落叶在空中随风飘舞。圭介注意到那是一趟往松本方向行驶的列车。

他站在漫天飘散着的落叶中，目送着方才列车疾驰而过的方向，眼神里掠过无限的忧伤。他想象着，这趟列车将在几个小时之后，进入信州，然后以与现在相同的速度快速通过菜穗子所在的疗养院吧……

圭介从来不是一个会为追寻意中人的幻影，而独自漫无目的地在街道上晃荡的人。但在那一瞬间，他却意外地感到，妻子已然清晰地烙印在了自己浑身上下的每一个细胞。从那以后，每每早早下班后的他，都会特意乘坐东京站的省线电车，然后静静地在月台上守候着傍晚那班开往信州的列车从眼前疾驰而过。

那趟夕阳中的列车，总是瞬间从他身旁经过，将他脚边的落叶扬至空中，随后迎风飞舞……而在这痴痴地目送每一节车厢离去的瞬间，他也能清晰地感觉到自己沉积一日的压抑被瞬间抽离，顷刻之间，了无踪迹……

十五

山中一直持续秋高气爽的天气。疗养院附近所到之处都是洒满阳光的斜坡。

菜穗子就像做例行的功课一般，每天都会心情舒畅地四处走走，欣赏着蔷薇花火红的果实。温暖的午后，她总会独自步行到牧场。穿过牧场的栅栏，慢慢地走在羊胡子草地上，直到看见牧场中央那颗一半枯萎的大树，看着它残留在上面的泛黄的枝叶随着时间的推移一点点飘落。越来越短的日照时间下，印在地上的高高的树影和她自己的身影也一点点地被拉长……每当这个时候，她才慢悠悠地起身返回疗养院。

近来，她越来越频繁地忘掉了自己的疾病和孤独。这是多么美妙的时光啊！几乎让人忘却了所有，是人生中难能经历几次的轻松愉快的时光和体验……

但疗养院的夜晚是寒冷而孤独的。寒风从山下的村庄吹来，到达地表尽头，随后便仿佛自己也不知道接下来要去向何方似的，一个劲儿地在疗养院附近徘徊游荡。偶尔有人会忘记关紧窗户，于是玻璃窗便几乎一整夜都在嘎吱嘎吱地响着……

有一天，菜穗子从一个护士那里听闻，春天那个不听医生劝告执意要出院下山去的年轻农林工程师，最终因为病入膏肓又再次回到了疗养院。她突然想起那个青年执意要离开医院时，一副神采奕奕却一脸苍白的样子。当时，他无比坚定地站在人群中间，眼睛里散发着某种耀眼的光芒，和周围目送着他出院的患者比，全然一副优胜者的模样，让她从内心里感到无比的折服……想到这些，她觉得自己根本无法袖手旁观。

冬季马上就要到了，可近日却仍然持续着温暖的阳春天气，让人根本感觉不到冬日的阴寒。

十六

阳子用了两个多月的时间在医院为初枝进行了彻底的诊治，但是都没有效果，最后连医生也基本放弃了，所以只好再次回到了乡下。牡丹屋的年轻主妇佳美特意从O村前来迎接她们。

从建筑事务所大约休假了两周的都筑明知道此事后，尽管喉咙上还敷着湿布，还是坚持前来，目送着她们到了上野站。初枝趴在车夫的后背上，紧紧地尾随着阳子进入了月台。看见都筑明后，初枝的脸比往日愈发地通红了。

“这段日子真是承蒙您的照顾。还请您一定要多多保重身体呀！……”阳子无比担忧地看着虚弱的都筑明，郑重地和他道别。

“我没什么大事。不出什么意外的话，寒假我会回来玩，你们可要在那边等着我哦。”都筑明看着初枝和阳子，脸上挤出一个略显落寞的微笑，佯装轻松地和她们许下了约定。“那么……请多保重！”

列车渐渐消失在了视线里。列车离去后，不知为何，月台的空气上方竟像是突然漂浮起了冬的气息。

被独自留在原地黯然发呆的都筑明一点儿也开心不起来。他无精打采地走在路上，似乎在默默嘟囔着：“那么，接下来应该怎么办呢？”随后暗自思忖着：不管是最终被医生放弃，只得黯然回乡的阳子还是患病的初枝，就算此刻内心感到多么地落寞，也丝毫没有显露出对人世间的绝望。不仅如此，反而如释重负般为能够早点回到O村而由衷地感到愉悦和心安……她们竟是如此地深爱着自己的村庄和家园！

“但是，内心空无一物的我，到底该怎么办呢？此刻心中的这份空白感又到底是从何而来的呢……”和并不理解他内心这种空洞感的阳子母女一别之后，他开始觉察到一种“自己正行走在一条无人追随而自我独自前行的道路上”的彷徨和不安，当然，这期间也切实体会到了一份心安。

如今，阳子她们已经远走，身边再也没有人能够宽慰他的内心了，他不由地开始剧烈咳嗽起来。为了抑制住咳嗽，他只好弯着腰停下脚步。当他止住咳嗽，再次抬起头时，车站内已经人影稀疏。

“事务所现在分配给我的工作，就算没了我，换任何一个人来也都能做。可是我呢？我的生活里若是缺少这份工作，又将剩下些什么呢？连我自己也记不清自己曾多少次暗下决心，想要辞掉事务所的工作，遵从内心做点真正想做的事。可是每当自己看到所长那无比信任自己亲切和蔼的笑脸，就不忍心说出口，最后也只能不了了之……

“这样优柔寡断的我，到底将去向何处呢？我真正苦苦寻觅的是什么？我在绝望着什么？就算我以这次生病为借口再次休假一段时间，独自一人去到某个地方旅行，就能够寻找到自己内心真正想要的答案吗？迄今为止我自以为痛失掉的——不论是菜穗子、早苗，还是方才远去的阳子和初枝……就一定是我内心真正孜孜以求的东西吗？”

都筑明一脸沉郁着，弓着背无精打采地走在洒满冬日暖阳的站台上。

十七

八岳山已经开始下雪了。但在放晴的天气里，菜穗子仍然延续着自秋季以来养成的散步习惯。虽然艳阳温暖地照射着大地，但由于前一天被大雪冰封，高原里俨然完全还是一副严冬之景。穿着白色毛绒外套的菜穗子，有时能够听见自己脚下被冰冻的草地被踩上后发出嘎吱嘎吱的破裂声。

尽管如此，菜穗子还是时常一个人到已经看不见牛马踪迹的牧场去，走到那棵一半已经枯萎的大树下面，任凭狂风将自己的头发吹散。大树一半的树梢上仅仅残留着几枚枯萎的树叶，它们如同冬日透明的天空里仅有的污点一般，老态龙钟似的止不住地随风颤抖着……菜穗子看着它们，隔了一会儿才不由自主地深叹一口气，转身回到疗养院。

十二月以来，高原一直持续着寒冷彻骨的阴天。入冬后，八岳山一带的天空接连几日都被积雪云覆盖，但却迟迟也没有下雪。

由于持续的低气压，病人们开始难受起来。菜穗子也已经没有了散步的精气神。她终日裹着被子躲在病床上，只露出两只眼睛在毯子外面。她时常一边感受着一张脸被外面的冷空气吹得生疼，一边回味着欢腾地烧着壁炉的某个小小的料理店的味道。从那儿出去，悠闲地走在街角某个撒满落叶的林荫小道上，体会那片刻的欢愉。她感慨仍然有看似极其不起眼，却张弛有度的生活气息还留存在自己心中。但也时常感觉到自己前途渺茫，几乎没有任何值得期待的东西……

“我的人生是不是就此结束了？”她心中一惊。“有没有人能告诉我，我接下来应该做些什么？还是说，做什么终归都是徒劳，直接缴械投降比较好呢？有没有谁能够清晰地告诉我，到底应该怎么办？”

有一天，菜穗子正漫无边际地发着呆，突然被护士打断。

“有人找你……”护士微笑着对菜穗子说。在征得菜穗子同意后，她又转身轻声对着门外说，“请进！”

门外，突然传来熟悉而激烈的咳嗽声。菜穗子不安地揣测，到底会是谁呢？不一会儿才看见一位瘦高的青年男子站在门口。

“原来是你啊！”菜穗子用一副略带责难的眼神，将都筑明迎了进来。

都筑明似乎被菜穗子的眼神吓到了，一副惊慌失措的样子，站在门口拘谨地向菜穗子鞠了个躬算是打了个招呼。然后便刻意避开对方的眼神，只是一边自顾自地瞪大眼睛环视着病房，一边剧烈地咳嗽着，伸手去脱外套。

睡在床上的菜穗子有点看不过去，提醒道：“这里很冷的，你最好还是多穿点儿。”

都筑明听菜穗子这么一说，又乖乖地将方才脱到一半的衣服重新穿上了，然后手足无措地看着她，像是在等待她接下来的指示一般，木讷地站在一旁……

她再次看着这位仍然和当年一样，敦厚而善良到骨子里的男人，不知为何，突然觉得如鲠在喉。可是这么多年，特别是在她结婚以后就完全杳无音讯的都筑明，为什么会在这样的寒冬里突然造访呢？菜穗子还没来得及想明白这一点，就不由得为这位善良敦厚的男人感到心疼不已。

“你可以坐那儿。”躺在病床上的菜穗子终于开口，用无比冷淡的眼神看着椅子示意道。

“哦。”都筑明偷偷地将目光投向菜穗子的侧脸，又慌忙地移开视线，在靠近门边的一张皮革椅子上坐下。“我是外出旅行的时候突然听说你在这里，所以才临时决定来看看你。”他一边尴尬地用自己的手掌摩挲着那张清瘦的脸，一边弱弱地解释道。

“你这是去哪儿了？”蔡穗子一如往常般脱口而出。

“也没去哪里……”都筑明像是自言自语地低声答道。随后，像是突然想到了什么，抬头瞪大眼睛，极其平静地说道：“只是突然想来一场漫无目的的冬日旅行。”

菜穗子听后，脸上一副啼笑皆非的样子。这是她从小的习惯。只要都筑明露出一副少年特有的爱做梦的态度和言语，她就会露出这样的表情去揶揄对方。

她突然发现，现在的自己居然还会不经意地流露出少女时代特有的表情，这就像，从前的那个菜穗子悄然在身体里面复活了一般，令人感到不可思议地惊奇。

然而，就在这时，都筑明又像刚才那般剧烈地咳嗽起来，不由得让她眉头紧锁。

“咳嗽分明这么严重，这家伙为什么还要如此逞强呢？居然还想来一场什么可有可无的旅行……”菜穗子一边佯装漠不关心，一边无奈地想着。随即，她恢复原来那冷冰冰的眼神，一脸冷漠地说道：“你这是感冒了吧？这么冷的天气，还想来一场什么旅行，你确定自己没事？”

“我没事。”都筑明抬着头，心不在焉地回答道。“只不过喉咙有点儿不舒服。我是想，也许到有雪的地方反而能舒服一些。”

嘴上这样说着，但当时的他心里却正在想：在这之前我从没有想过要见菜穗子啊。可是为什么刚才会在车里临时起意，然后毅然而然地来到这种地方见见多年不见的菜穗子呢？也从来没有事先考虑过菜穗子现在怎么样了？是否变得完全和以前不一样了呢？或者，还是老样子？中途也只是突然想到以前两个人怒目相对的眼神，才在某个瞬间曾想过要打道回府。然而此刻，当自己和她再次遇见，越是被对方像从前那样冷淡的眼神盯着，越是感觉到自己的伤口像是被狠狠地摁住一样，不由地感到舒服多了。没错，我已经达到了最初想要的目的，还是早点回去吧……

想到这里，都筑明突然腾地站起来，看了一眼躺着的菜穗子的侧脸，扭扭捏捏地走出门去。可是他无论如何也无法将那句“我要回去了”说出口，为了化解尴尬，他只能装作轻轻地咳嗽了几声。这次是假装咳嗽。

“这里还没开始下雪呀……”都筑明一边向菜穗子投去一个询问的眼神，一边朝阳台的方向走去。他在半开着的房门旁停下，眺望着远方寒气逼人的深山和密林，不一会儿才转身看着她的方向说：“下雪的时候，这里肯定很美吧。我还以为这儿早就下雪了呢……”

随后，他才像是下定决心一般，走到阳台去。手搭在阳台栏杆上，微微弓着背，尽情地眺望着周围的山脉和树林。

“那个家伙真是一点都没变。”菜穗子漫不经心地想着，默默注视着阳台那边一动不动地始终盯着一个方向看的都筑明的背影。都筑明从小就因为比其他小孩儿看起来羞涩，所以总是显得一副柔柔弱弱的样子。但是一到关键时刻，他的个性就会变得非常强硬、暴烈，只要自己想做的事情，无论如何也要做到。这一点不禁让菜穗子也不时感到颇为棘手。

这时，都筑明突然回过头，看向菜穗子。注意到她正在朝自己微笑后，他一脸明媚着，将手从栏杆上抽开，朝房间内走去。她看着迎面走过来的都筑明，由衷地说："你真是一点没变呢，真叫人羡慕……女人就没那么幸运了，一旦结婚，就马上变得不像自己了……"

"你变了吗？"都筑明感到很意外，突然停下脚步问道。

突然被都筑明这么单刀直入地询问，菜穗子随即转而半敷衍、半自嘲地笑着反问道："你觉得呢？"

"这个嘛……"都筑明用困惑的眼神看着她，吞吞吐吐地说，"……怎么说呢……"

嘴上这么说着，他的心里却在想，"菜穗子果然是在没有任何人的理解下，痛苦地活着的吧……"他无论如何也不敢开口询问菜穗子结婚以后的事情，就算是问了，想必对方也肯定不会跟自己坦诚交代。但是，他总觉得，菜穗子的事自己肯定都能理解。虽然曾经也有那么一段时间，自己对于菜穗子所做的事情不太理解，但是此刻的他却坚信，就算菜穗子告诉自己她正经历着多么迷茫困惑的人生道路，他也相信只有自己能够一直追随她、理解她。

"她肯定是深信没有谁能够理解自己，正在默默痛苦地忍受一切吧……"都筑明继续想着，"对于菜穗子而言，以前的她总是表面上看起来对于爱做梦的我一脸嫌弃，但事实上，那是因为她自己根本从来就没有过梦想吧。就像我深深喜欢着的那个菜穗子的母亲一般……那是一个要强了一辈子的妇女，她将梦想这种东西深深地埋藏在内心深处不被别人发现。而眼前的菜穗子亦是如此……不过，菜穗子母亲的梦想到底是什么样的呢？”

都筑明的思绪默默地游离，他下意识地抬头朝菜穗子的方向注视着。

她正闭着眼睛，似乎正沉浸在自己的思考里。细瘦的脖子上，时而依稀可见一阵细微的痉挛。

都筑明不由地想到此前自己曾在站台上偶遇过一位神似她丈夫的男人，本想在道别之前跟菜穗子提一句，不过转念想想，还是不说为好。他想自己差不多也必须得走了，于是下定决心，向病床的方向走近了两三步，有些扭扭捏捏地站在病床旁边。

“我想我得……”他欲言又止道。

菜穗子仍然闭着眼睛，听到对方只说到一半，并没有继续说下去。于是终于睁开眼睛诧异地看向他——都筑明好像是一副准备辞行的样子。

“就要回去了吗？”菜穗子惊讶地看着他，心想，真是个扫兴的辞别方式。但也并没有挽留，反而更像是一下子得到解脱一般，于是开口问道：“几点的列车？”

“这个……也没有特别留意呢。不过，既然是临时起意的旅行，也就无所谓几点了。”都筑明说着，随后又像来的时候那样，向菜穗子拘谨地鞠了一躬，“那你多保重……”

菜穗子看着都筑明向自己鞠躬道别，突然幡然醒悟到：从他出现在自己面前开始，自己身上其实就一直激荡着某种特别的感情。她像是为此极其懊悔似的，用前所未有的、轻柔的语调叮咛道："你也是啊，别总是勉强自己……"

"嗯……"都筑明也一脸轻松地回应着，再次睁大眼睛直直地注视着她，随后便出了门。

不一会儿，门外再次传来都筑明剧烈的咳嗽声。听着像是一点点地渐行渐远了。

被留在原地一个人的菜穗子此刻忽然清晰地感觉到，刚才那股悔恨正一点一点地吞噬着内心。

十八

都筑明就像是不经意从冬日天空上方掠过的飞鸟的影子，只是一晃而过，便全然不见了踪影……而他带来的不安，却像一道伤痕，随着时间的推移一点一点深深地烙印在了菜穗子的身上。

自从与都筑明一别，菜穗子的内心总是被一种不明缘由的、近似悔恨一般的东西所占据。起初，她以为那不过是掺杂着对小明的某种情绪的"冷漠"罢了。只要他出现在菜穗子面前，她就会产生一种连自己都难以理解的烦躁和不安。这并不只是因为现在的他似乎仍然喜欢像年少时那样，不由分说地将他的伤痕一股脑儿地袒露给自己。除此以外，还有更深层次的原因。具体说来，是因为她仿佛隐约地感觉到，他的出现似乎即将威胁到自己本就不幸的人生里，竭力想要保全的一隅安宁。

而都筑明就像是比她拖着更加伤痕累累的身躯，却仍想用受伤的羽翼展翅翱翔的鸟儿一样，直到生命的最后一刻仍想竭尽全力。这要是在以前，说不定又会让菜穗子不由地眉头紧锁吧……然而，就是这样总是被自己揶揄的都筑明，再次见到自己的时候，竟已经屡次深切地感受到了自己接近绝望的生活。但却无论如何也不肯当面向菜穗子，甚至向他自己承认并低头。

两三天后，菜穗子终于第一次对自己坦白了这种自我蒙蔽。

为什么我要对他那般冷酷无情？为什么明知对方在旅途中特意绕道来看望自己，却没能趁他回去之前，好好地说上一句暖心的话语？想起这些，菜穗子总是责怪自己实在太过于孩子气了。不过，与此同时，她也仍偶尔暗自庆幸自己：如果当时自己老老实实地向都筑明低下了头，那么万一再次不期而遇的时候，自己将会多么地无地自容啊……想到这儿，她不禁松了一口气。

可以说，也就是从这个时候开始，菜穗子才真正切实地认识到，当下这般孤独的自己究竟有多悲惨。她像病人为了查明自己的病情一样，怯生生地将手靠近自己消瘦的脸颊，然后轻轻地抚摸着……随后，自己的惨状也逐一浮现在了脑海中。

对她而言，除了还算愉快的少女时代以外，那之后，基本就再也没有一件能像她母亲那样仅凭记忆就足以填满自己后半生的精神层面富足的事情了。而且，以目前的情况来就看，将来大概也不太可能发生什么值得期待的事情……就目前而言，只能说距离幸福还太过于遥远。当然，也不能说比这个世界上的任何人都不幸。只能说是，在这样的孤独的生活里，内心尚且能够收获一种近似平静的东西罢了。

但是，与“不得不在这寒冬里独自忍受这深山之中乏味的生活”相比，那所谓的“平静”实在显得太过于得不偿失了。尤其是当自己见到了都筑明。尽管他也对自己的前途感到茫然不安，但却始终保有“就算走到人生的极限，也要追寻梦想的界限”的真挚和热忱。与之相比，自己是多么的自欺欺人啊。即便如此，自己也还是一味地劝说自己前方或许还能有所期待，于是，就这样无所事事什么也不做地消耗人生……或者，难道在那里真的会有什么东西能够帮我唤醒自己吗？……

菜穗子的思考总是这样，一边直面自己的悲惨，一边又重复着毫无意义的踌躇……

十九

菜穗子仍然不断收到圭介母亲厚厚的来信。每次菜穗子拿到信之后，都会将它随手丢在枕边，并不会马上打开，并且没有一次不是带着厌恶的心情拆开那些信件的。拆开以后，她接下来还需要竭力克服自己厌恶的情绪，一点一点努力地挤出一些违心的话语，逐一写在纸上，算是当作回信了。

不过，临近冬天的时候，菜穗子发觉婆婆寄来的信件中，逐渐出现了一些不同于往常空洞的内容。菜穗子不再像之前那么眉头紧锁着一字一句地读完，但却能够很快地将内容一览而过。虽然，她还是要像往常一样，一收到婆婆的信件就一副很伤脑筋的样子，随手将信件丢到枕边，久久才会去打开。

直到有一次，菜穗子一拿起信就不舍得放下了。她并没有过多地考虑为什么一直以来让人感到不愉快的东西开始逐渐地少了起来，但是通过每一张信上婆婆那歪歪扭扭的字迹里，菜穗子似乎能够清晰地感觉到，那里暗含着圭介近日以来的极度消沉。

都筑明来访的几天以后，一个被积雪云笼罩的傍晚，菜穗子又像往常一样，收到一封装在灰色信封里的婆婆的来信。

起初，她仍然一副厌烦的样子，习惯性地将信丢到一边。

不过，她马上又想到，万一发生了什么不妙的重大事件呢？想到这，菜穗子赶紧将信件拆开。然而，那里面也不过是写了一些跟往常类似的内容，并没有像她设想的“圭介突然病危”之类的事情发生，她竟不觉得感到有点失落。但几乎同时，菜穗子转而又想到“中间有些地方实在太过于潦草，刚才是跳着读的，万一漏看了什么呢？”于是又从头到尾详细看了一遍。直到确定那不过是极其普通的一封来信之后，她才闭上眼睛陷入短暂的深思。没过一会儿就到了傍晚的例行检查体温。确认完体温仍然保持在37.2℃之后，她回到了病床上，拿起纸和笔准备回信。

菜穗子实在想不到要回复些什么，只好强行挤出一些话——“昨天这里简直寒冷到无法形容。但是医生和我们说，‘只要能在这儿顺利熬过这个冬天的话，基本也就意味着身体能痊愈了。’这样的话，没准就不会像婆婆您说的那样，久久回不来家里了。确实，不仅是您，就连圭介他也……”她写着写着，忽然停下，轻轻地用铅笔摩挲着瘦削的脸庞，脑海中不断出现丈夫消沉的模样。他总是用那样的眼神看着她，然后很快地别开脸去。那种凝视的眼神，已经在不知不觉中深深嵌入了丈夫的形象里。

“能不能别用那种眼神看着我呀？”他终于再也无法忍受似的对她说的这句话，以及因为暴雨而被围困在疗养院而一副焦灼不安的样子，突然纷至沓来，瞬间取代了他在她脑海里的所有形象，填满了她的内心。她独自闭着眼睛，仿佛忽然间回到了那场暴风雨里，脸上不经意间浮现出一个微笑。

天空仍然持续地被积雪云覆盖，日复一日地阴着。偶尔从别处的山脉之间飘来白色的东西，就会听见病人们相互议论着终于下雪了。可是，也仅仅是那一小会儿而已，天空随后便又恢复了阴沉。

真是令人无处藏匿的刺骨寒冷。在这样阴冷的冬天里，想必此刻的都筑明根本丝毫没有了旅人的样子，而是拖着憔悴的身躯，带着绝望的心情走过一个又一个未知的小村庄吧。而他所想要寻找的东西，想必至今也尚未找到吧（至于那具体是什么，她也不知道）。

想到都筑明疲惫的样子，菜穗子逐渐对人生催生出来某种决心，并不禁由衷地为这位儿时好友担忧起来。

“对我而言，似乎并没有像小明那样无论如何都想去完成的事情呢。”菜穗子认真地想着，“难道，就因为我已经是个已婚的女人了吗？所以才不得不像其他已婚女人一样，在丧失自我的生活里苟且？”

二十

某个傍晚，载着半个病人似的都筑明的一趟列车，从信州徐徐地向靠近上州边境的O村驶来。

经历了一周阴郁的冬日旅行后，都筑明已经身心俱疲了。他不光持续地严重咳嗽着，还发起了高烧。他闭着眼睛，精疲力竭地靠在窗户上，时不时地微微抬头，迷迷糊糊中感到窗外那些无比令人怀念的落叶松和小橡树的枯树林似乎渐渐多了起来。

本想趁着好不容易申请的一个月的休假到处走走散散心，顺便好好想想自己今后的道路，可是再这样下去，都筑明将只能无可奈何地任由他的冬日旅行就这样毫无意义地走向终结。那可真让人无法接受啊……

不管怎样，都筑明决定暂且先回O村修养一段时间，等身体恢复之后再继续这场对自己的一生起着决定性意义的旅行。早苗结婚后就随其丈夫的调任到松本去了，所以现在应该不在O村。虽然多多少少有点寂寞，但是都筑明觉得这样反而能够安安心心地将自己这副病体托付给那个村庄。而且，现在最能够悉心照顾自己的，也就只有牡丹屋的人了。

列车从茂密的树林中间穿行而过。此时的落叶林已经全然一副光秃秃的光景。透过无数的落叶林间，能够清晰看见披着皑皑白雪的浅间山脉如同镶嵌在阴暗的天空中一般。山顶喷出的烟，被风一点点吹散在空中。

列车的锅炉从刚才开始便急促地喘息，都筑明知道马上就要到站了。

O村的人家、田地、树林无一例外地倾斜着站在山麓上。此刻这让都筑明感到身体不由开始发热的，嘎达嘎达震动的锅炉的喘息声，和他在春夏之交的傍晚在树林之间听见的锅炉声一样，只要一听见就知道列车马上就要到站了。让人感到无比怀念，同时又印象深刻。

列车在山谷背阴处的一个小车站停下。都筑明好不容易才终于把咳嗽止住，立了立外套的衣领准备下车。车窗外，还有五六个当地人一同下了车。都筑明下车的时候，感觉身体轻飘飘的。他为了将列车升降口的门打开，将原本左手提着的小小的手提包，特意换到右手。出了检票口，他的头顶上方便亮起来了一盏暗淡的电灯。从等候室污浊的玻璃窗上，他看到自己苍白憔悴的脸闪现而过，但又马上像是被什么吞噬掉了一般，消失不见了。

冬天的白昼很短，虽然才傍晚的五点钟，但周围已经完全暗了下来。山中的车站里此时已经没有了任何的交通工具，都筑明只好一边提着手提包，一边艰难地走在通往村庄森林的坡道上。不过几次停脚歇息的间隙里，傍晚里的温度便迅速降了下来。在刺骨的寒风中，他感到自己的身体不由自主地一会儿感到刺骨的寒冷，不一会儿又突然变得灼热无比，心情也因此变得无比的焦躁和无奈。

森林终于近在眼前。在那片森林的旁边，依旧立着一间破败的农家，门口有一条脏兮兮的看家犬蹲在那儿。都筑明蓦然想到，以前家里曾养着一条黑狗，每当自己和菜穗子骑行回来，那条狗就会扑到菜穗子车轮上，吓得菜穗子大喊大叫。不过如今门前蹲着的狗不太一样，它的毛发是棕色的。

森林里面相对明亮一点，因为所有树叶都已经掉光了。

这片树林承载着都筑明太多的记忆。少年时代，每当他骑行穿过野地再次回到这片森林里，就会有一股清风拂过他如同被火烧灼的脸颊。以至于此刻的都筑明也还是会反射性地用手心摸一下自己的脸颊。傍晚那深不见底的清凉，气喘吁吁的自己和脸上的灼热——被这异样的氛围包围着。如今正佝偻着后背，精神萎靡地行走在路上的自己，和当年那个飞快地骑着自行车，双颊灼热，累得气喘吁吁的自己，竟开始不可思议地交错重叠在一起……

森林的中间，道路开始一分为二。一边笔直地通往村庄，一边通往以前自己和菜穗子常来过暑假的别墅区。这条路长满了野草，从此处缓缓下坡，就能一直弯弯曲曲地通向别墅区的内部。从这条路拐弯下坡的时候，骑着车，头戴一顶草帽，露出一口洁白的牙齿的菜穗子就总是得意地对跟在身后的都筑明大声喊道："你快看，快看呀……我两只手都放开了骑哦……"

少年时代的种种忽然纷至沓来。他将手中的小提包放到路旁，方才内心已经精疲力竭、痛苦喘息着的自己，似乎瞬间被注满了活力。"我究竟为什么又要再次来到这个村庄呢？又是为什么会再度清晰地想起很久之前便早已淡忘的事情？总感觉脑子无法抑制地浮现出往事，一件接着一件。难道是因为发高烧吗？所以才陷入这般奇怪的感觉。”

森林里已经完全暗了下来。都筑明再次佝偻着后背，拿起小手提包，带着痛不欲生的心情，精神恍惚地走在路上。正在这时，他不经意间抬头看了一眼：森林的树梢上空还没有完全暗下来，一棵庞大的桦树上方，张牙舞爪般延展出来无数条枯枝。枝条互相交错，在微微明亮的天空上方结成一张细细的网，勾起了他无数早已淡忘的往事。不知道为什么，那就像是一支不属于这个世间的温柔的歌儿一样，瞬间慰藉了他。他陶醉地抬头看着枝头上方结成的细网，一时之间竟不知不觉地忘了再次赶路。不过，即使不用刻意去思考，那些往事也依然会不由自主地奔涌而来，给予心力交瘁的他以某种的宽慰。

“若是能这样安然地死去，我也就知足了。”他突然想到，“不过，你可得好好活下去才行啊。”他半是安慰自己一般，自言自语道。紧接着，又被内心深处的一个声音叩问：“可是为什么一定要勉强地活着呢？明明这般孤独、这般心如死灰……”“没办法，谁让我命该如此呢？”他几乎天真地答道，“我终究还是没能搞清楚自己真正想要的东西是什么，不仅如此，我还把曾经拥有的一切都弄丢了。因此，我开始极度害怕直面一无是处的自己，才会像黄昏中一只飞往黑暗里的蝙蝠一般，忘我地投身到这场所谓的冬旅之中。可是，我究竟想在这场旅行中寻找到什么答案呢？

目前为止的旅行，充其量不过是在历历细数我那些已经永远失去的东西罢了。如果我能够明确地清楚自己此行的使命就是为了来承受这丧失之痛的话，那么我姑且可以拼尽全力去忍受和见证这份痛苦。呜呼哀哉！即便如此，反复用高烧和痛苦来折磨我，实在也太过于赶尽杀绝了吧……”

绵延的森林终于开始中断了。眼前悉数枯萎的桑田对面，便是坐落在微微倾斜的火山脚下的村落的全貌了。只需微微抬眼，村庄的景象便可尽收眼底。这时，家家户户的烟囱上方，正百无聊赖地升起了缕缕炊烟。阳子她们家上方，也冉冉升起了一缕。

都筑明终于如释重负一般，一时之间竟也忘却了被高烧纠缠着冷热交织的身体，静静地眺望着眼前这幅宁和的景象。他突然想起自己年幼时就去世的母亲，脑海中不由自主地浮现出她那衰老的容颜。旋即才意识到，方才森林里的那棵桦树结成的网、那一闪而过的树影，所勾勒的不正是自己那早已故去的母亲的容颜吗？

二十一

不知是不是内心突然放松了下来，将连日舟车劳顿和痛苦不堪的病体托付给牡丹屋之后，都筑明就一直卧床不起了。因为村子里没有医生，牡丹屋的家人们便建议托人到小诸的街道上去请医生到家中来看看，但是都被都筑明婉拒了。于是，都筑明便凭着自己仅存的一点儿力量，与病痛抗争着，无比艰难地忍受着高烧。不过他似乎倒是始终觉得自己没事，可以扛过去。为了让他尽快好起来，阳子她们也每天悉心地照顾着他。

都筑明闭着双眼，在持续不退的高烧中，开始迷迷糊糊地忆起自己在这场旅行的过程中经历的种种。在某个村庄，被几条烈狗追得到处乱窜；在某个村庄，看见一群烧炭的人们；以及在某个傍晚，抽着烟游荡在某个村庄里寻找栖身之所……有时，会反复回头看着那个呆呆站在家门口，背着一个正在哭泣的小孩儿的老妇人；有时，会注视着自己的身影孤零零地投射到被微弱日光照射着的白壁上，顾影自怜……那一次次行进在孤寂的冬日之旅的自己，那一个又一个形单影只的身影，纷纷浮现在他的眼前，久久不肯散去……

一到傍晚，不远处便会清晰地传来那趟数天前曾经载着自己的列车发出来的“呼哧呼哧”的喘息声，直到列车完全停靠之前，始终响彻村庄。那声音正顺着O村倾斜的地势徐徐地攀行而上，并一把将方才萦绕在眼前的记忆驱散得一干二净，随后他的脑海里只剩下自己从那趟黄昏的列车下来，拖着病体艰难行走的模样，以及走到森林的半途，仿佛听见从某处传来曼妙的歌声，而后陶醉地抬头望着桦树枝在天空中结成的细网的模样……

还有……在他走出森林之后，才突然激动地意识到那些勾勒出的已故母亲的容貌……

最近几天，都筑明的饮食起居一直都是由牡丹屋的年轻主妇佳美照顾。佳美实在抽不开身的时候，阳子也会趁照顾女儿的间隙给他喂药。看着这位年过四十，已经些许衰老的女人，都筑明的心中涌现出一种与以前全然不同的亲切感。阳子这般亲切地坐在旁边的时候，那几乎已经被他忘却的母亲慈祥的神情，不知为何竟又清晰地浮现在他眼前。

“初枝最近怎么样了？”都筑明开口问道。

“还是老样子，手上的伤也没见好。”阳子挤出一个勉强的笑容答道。

“毕竟也已经七八年了。带她去东京看病的时候也是，大夫们都说，能把身体保持成现在这样已经算得上是个奇迹了。我想大概还是得益于这里的气候和水土吧。您也是，一定要趁这段时间在这儿好好把身体调养好才行。我们可是每天都在为你祈祷的呢……”

“嗯，如果这次能活下来的话……”都筑明暗暗在心里默念着，对阳子投去一个温和的微笑。

都筑明在旅途中一直渴望见到的雪，终于在十二月中旬过后的某个傍晚姗姗来迟。

雪下得越来越大，第二天早上，便将整片森林、田地、农户全部染成白茫茫的一片，而且完全没有就此善罢甘休的意思。不过，事到如今，下不下雪对于都筑明来说，似乎已经没有意义了。只是从床上坐起来的时候，他才会偶尔面无表情地透过窗玻璃眺望一下外面白皑皑的世界……

暮色降临以后，大雪稍微停了下来。天空上方此时还堆积着成片的积雪云，风儿徐徐地吹过。方才囤积在树梢上方的雪块，逐渐像飞沫一般，随风窸窸窣窣地飘落了下来。

听到窗外清风拂过的声音，都筑明像是终于按捺不住一般，吃力地从病床上坐起来，将目光投向窗外。他带着一种赤诚的心情，静静地守望着窗外苍茫的田地。雪花轻轻地被风儿扬起，一开始，先是化作一团冰冷的火焰一般随风翩翩飞舞。随后，便又随风完全地消散开去，只化作了一点细细的绒毛散落在地。几乎同时，又一阵清风拂过，新的雪花再次如同冰冷的火焰一般，在空中翩翩起舞，旋即，几乎在之前那片绒毛消失的那一刹那，便又再次化成细细的绒毛散落在地……

“我的人生多么像这片雪花啊！我所走过的足迹里面也必将会留下来点什么吧……虽然，也许也会像这片雪花一般，风一吹过，便会消散得无影无踪。但在我那残存的足迹里面，必将留着某些与我相识的人留下的足迹吧……有一种命运就是这样，不断地从一个东西向另一个东西重叠跨越，前赴后继，生生不息……”

都筑明独自沉浸在这样的思绪里面，目光不由自主地全然被窗外明亮的雪花吸引去了，几乎没有注意到房间内已逐渐微微昏暗了起来……

二十二

雪持续猛烈地下着。

菜穗子终于迫不及待地，几度试图穿着雪地靴溜出去，但都因为险些被护士和其他病人发现，就只好折返回病房。这次她终于趁着四下无人，赶紧沿着阳台悄悄从疗养院后门溜了出去。

穿过杂木丛，抄小道儿朝车站方向走去的菜穗子，因为前方不断飘来飞雪，不得不时不时地收紧身子停下前进的脚步。起初，她只是想出来感受感受久违的漫天飞雪从头发上滑过，并打算到距离不过几条街道的停车场附近走走，随后就马上回去。顺便，因为今天早上圭介母亲寄来信件说，她最近感冒了，已经接连一个星期卧病在床。菜穗子决定还是顺便早些将回信投到邮箱里去，所以出门时，也顺便将信件塞在外套口袋里带了出来。

经过第一条街道的时候，一个微微侧着雨伞，穿着工裙的女人朝她迎面走来。

“这不是黑川夫人吗？”擦肩而过的时候，那位年轻的女士突然从后面叫住菜穗子。“您这是去哪儿呀？”

菜穗子吓了一跳，回过头去。

那个女人整张脸被围巾裹得严严实实，穿着工裙，一副当地人打扮。哦，原来是负责自己所在的那栋病房的一名护士。

“稍微……有点事情要办……”菜穗子抬起头，尴尬地挤出一张笑脸。但因为雪花不断迎面飘来，所以只好又不由自主地重新低下了头。

“那您可要早点回来哦。”对方担心地叮嘱道。

菜穗子继续埋着脸，沉默地点了点头。

随后，菜穗子又在大雪中继续往前走了一会儿，好不容易才终于走到了铁道口。她想着要不然还是即刻打道回府所算了，于是停下脚步，用戴着粗网格毛绒手套的手掸了掸头发上的雪。这时，她忽然想起方才那位撞见自己，却并没有多说什么的开明女护士。那个护士整个脑袋就像俄罗斯人一样，被围巾层层裹住……想到这儿，菜穗子也学着用围巾将整个脑袋严严实实地缠好。随后，便一边暗暗庆幸还好方才遇见的是那位开明的护士，一边继续冒着风雪朝车站的方向走去。

朝北向的露天车站的其中一侧被大雪猛烈地吹打着，周围被堆积成了一片雪白。车站背面停放的一台旧汽车的一侧也完全被大雪掩埋住了。

本想进车站稍微休息一会儿的菜穗子低头发现，自己的侧身也落满了一层厚厚的白雪，于是便站在车站门口仔细地掸掸干净。

随后，她解下层层包围在头上的围巾，漫不经心地走了进去。

看见她进来，车站里正围坐在暖炉旁的乘客们纷纷齐刷刷地向她投来目光，随后又像是刻意避开不去看她一样，马上又不约而同地抽离了目光。她不由得眉头一紧，尴尬地背向着大家转过身去。然而她不知道，当时只不过是因为正好有一趟列车恰好进站了而已。

那趟列车果然也无一例外地同别的列车一样，半边已经落满了白雪。列车靠站后，约莫只有十五六个人从车里下来。他们朝菜穗子所在的门口走来，随后目不转睛地盯着身上还穿着外套，站在车站大门旁的菜穗子，一边互相交谈着什么往外走着。

“听说东京那边的雪也下得很大呢。”人群中不知是谁突然说了一句。菜穗子唯独清晰地听到了这一句。“东京也这么大的雪吗？”她一边想着，一边望着车站外那辆半边已经被雪掩埋得动弹不得的汽车。

过了一会儿，她感觉到自己的气息已经稍微稳定了下来，于是想着差不多也该回去了。她环顾了一圈，不经意间车站内的暖炉周围又聚满了人。他们中有大部分人都是本地人，互相之间有一搭无一搭地轻声交谈着，并偶尔好奇地向一直站在车站大门附近的菜穗子的方向投来目光。

和现在这趟正好南下的列车擦肩而过的北上的列车，好像再有两三站就即将到站了。她猜想，那趟北上的列车的一侧也肯定被积雪染成了一片纯白吧。随后她又突然联想起都筑明。此时的他一定正在某个村庄里，一脸满足地行进在漫天飞雪之中吧……从刚才开始她就一直将冰冷的双手放进外套的口袋取暖，不断隔着手套交替地摸着一直没有拿出来的寄给婆婆的信件和皮革钱包。

方才围坐在暖炉旁的十多个人又再次离开了那里。菜穗子这才像是突然想起什么似的，赶紧走到售票口，掏出皮革钱包，弯腰将身子探到窗口处。

“去哪儿？”窗口里传来冷漠的一句。

“新宿……”菜穗子急切地答道。

正如她想象中的一样，一辆单侧被积雪盖住的列车在她的面前停了下来。

菜穗子像是突然被一股看不见的强大的力量推了一把，上前跨了一步，登上了那趟列车。

她刚一踏入三等座车厢，车厢里的乘客们便不约而同地向她投来目光。他们直直地盯着眼前被浑身是雪的外套严严实实包裹着的菜穗子……她皱了皱眉头，心想：“一定是因为我的表情太过于严肃了吧……”随后便紧挨着一位身穿铁道局制服正在酣睡的老人旁边坐下。不一会儿，当列车驶入被冰雪厚厚掩埋住，连近处是山脉还是森林也辨别不出来的高原中央地带时，大家就像是已经忘了她的存在一般，根本不再抬头看她一眼。

菜穗子这才像是松了口气，开始回过神来考虑自己接下来要做的事情。她突然发现，平常环绕在身边的消毒水和甲酚的味道，此时此刻已经被人群的闷热和烟草的味道所取代，这让她觉得烦闷地透不过气来。不过从某一个层面而言，这对她而言，就像是意味着自己即将复活的征兆——那是一种久违的生活的味道。她这样想着，突然忘却了那份烦闷，取而代之是一种不可思议的兴奋。

雪越下越大。车窗外，几乎只能隐约看见一些近处的树林和农家。不过对她而言，倒还能大概知道列车目前正在行驶的方位。她想起在那距离不远的人迹罕至的牧场里，有一棵曾经和自己有着相似命运的枯树正立在那儿。兴许，此时它的半边也已经被白雪厚厚地遮住了吧……它孤零零地立在雪地中，透着一股悲剧的色彩。想到这，她突然感到懊悔不已。

“为什么我不冒着雪去看看那棵树呢？那样的话，我也就肯定不会踏上这趟列车了……”车内漂浮着的气味再次让菜穗子感到心烦意乱。“疗养所里现在估计早已乱成一锅粥了吧。东京那边也是，大家看到我肯定也会很惊讶……我到底该怎么办呢？趁现在折返回去还来得及。可是，不知道为什么我已经开始感到了无边的畏惧……”

菜穗子反复担忧着这些事，一方面又希望列车要是能够快点穿过边境就好了。

终于要越过边境了，车窗外，满是积雪的高原终于渐渐退在了身后，取而代之的是自己几乎没有见过的丛林……

菜穗子就这样带着半分恐惧、半分急切的心情，向车窗外直直地凝视着……

二十三

东京也猛烈地下着大雪。

菜穗子坐在位于银座大厦一家叫德国烘焙的面包房里等着圭介的到来。

她已经足足等了有一个钟头了，但却丝毫没有觉得烦躁。一闻见店里烘焙的香味，便微微地眯着眼睛，像是急切地吮吸着那意味着渐渐正在复苏一样的生活的气息一般，一边深吸一口气，一边隔着雾气朦胧的橱窗玻璃，注视着大雪中往来奔忙的人们，想象着要是圭介也在那旁边的话，一定会立刻对她说："别用那种眼神看着我……"

大概是大雪的缘故，虽然已经是傍晚，但店内除了她之外，也才只有三四桌客人。其中一位像画家打扮的青年，单脚靠在入口处的暖炉上，时不时好奇地回头打量她。

菜穗子注意到这一点后，很快审视起自己的一身打扮——很久没洗的头发散乱地搭在肩上，突出的颧骨，略微显大的鼻子，毫无血色的双唇……大概是因为上了年纪，菜穗子容貌相较年轻时候徒添了几分严肃。不过倒并没有影响菜穗子的美貌，不仅如此，反而因此格外透着几分惹人怜的忧郁。在山中的小车站里，菜穗子这身都市风格的打扮算得上是极其惹眼的，可是一到东京银座的街道里，这副打扮却在人群中显得平淡无奇。唯独那份从山中疗养院里原封不动带来的苍白，才略微显现出和其他人有着微妙的不同。感觉到无可奈何的她，时不时像是掩盖着什么一样，用手抚摸着自己的脸。

突然，她感觉到自己前面站了一个人。菜穗子惊愕地抬起头。

圭介穿着一侧已经被白雪覆盖住的外套，站在那儿，低头注视着菜穗子。

菜穗子脸上浮现出一丝微笑，也没有打声招呼，转过身去。圭介有些不高兴地坐在她身旁，沉默了许久。

“事先没跟我打招呼就突然从新宿站给我打电话说你要过来，吓了我一大跳，你怎么了……”他终于开口问道。但菜穗子还是一如既往地微微笑着，没有立即回答。

那一瞬间，她突然想起了今天经历的奇妙的际遇——一早冒着大雪从疗养院溜出来的小小的冒险，在被积雪半分掩埋的车站前临时起的决心，以及坐在三等座车厢里闻到生活的气息让她浑身为之一震……想必，自己无论如何也无法将这些连自己都感到始料未及的疯狂行为逐一向他人解释清楚吧。

她沉默着，用大大的眼睛注视着丈夫，仿佛将答案都藏在了眼神里一般——她似乎正希冀着自己即便什么也不说，丈夫也能透过自己的眼神明白一切。

对于圭介来说，妻子这种特有的眼神正是自己孤独的日日夜夜里所深深渴求的。然而，当它真正出现在他眼前时，他那与生俱来的懦弱又使得他立即胆怯地别过脸去。

“母亲病了。”圭介避开她的眼神，随后终于吐出一句，“你别给我添麻烦。”

“是呀，都怪我不好。”菜穗子像是突然认识到自己误会了什么似的，深深地叹了一口气，脱口而出，“我现在就回去……”

“现在回去？雪这么大怎么回去？要不今晚先找个地方暂住一晚上吧，等明天白天再回去。不过大森的家里可不行，毕竟在母亲面前……”他一副为难的样子。随后，又突然抬起头，压低声音说道：“你介不介意去旅馆住一晚？麻布那边有一家特别舒服的小旅馆……”

菜穗子原本热情地将脸靠近丈夫，但听丈夫这么一说，还没等他说完，就很快把脸缩了回去。并一脸冷淡地说道：“随便……我都可以……”

她原本是下了很大的决心才过来这里的，但现在一和丈夫这样面对面交谈，竟突然不明白当初自己为什么要不远千里冒着大雪从疗养院溜出来了。她本打算哪怕以此赌上自己的一生，也要特意来见丈夫一面，看看丈夫会是什么反应，然后就回去。可是回过神来她才发现，自己和丈夫在不知不觉中又恢复了往常那般冷漠的夫妻关系，一切竟又再次变得可有可无了。

人的习惯里，真的是藏满了无尽的欺骗呀……

菜穗子这样想着。不过，现在对于她来说，一切都已经无所谓了。她呆呆地凝视着丈夫的方向，露出从小惯有的空洞的眼神。

圭介一副进退两难的样子，用小小的眼睛看着菜穗子，然后，他的脸突然涨得通红。因为他忽然想起，刚才自己所说的麻布的那家小旅馆，其实是之前和同事一块偶然从边上经过时才知道的。对方曾经半开玩笑地告诉他："这个地方可要好好记住哦！平常基本没什么人来，很适合幽会哦。"

她并不知道丈夫为什么会突然脸红。但是看见方才丈夫的神色，她似乎突然略微明白了自己为什么会突然不辞辛苦前来会见丈夫了。

不过，菜穗子很快就在丈夫的催促下，被强行打断了思绪。她起身离开了桌子，再度依依不舍地转身环顾了一下这家总是飘着香味的店铺，随后便尾随丈夫出了门。

雪依旧一刻不停地下着。人们穿着各式各样的保暖装束，在大雪中奔忙来往……仍然像在山里一样，用围巾将整个脑袋团团围住的菜穗子并没有在意帮自己打伞的圭介，独自抢先一步，率先冲进了纷杂的人群之中。

他们艰难地穿过人群后，才终于找到了一辆出租车，随后便乘车朝位于麻布深处的旅馆方向去了。

汽车从虎门处拐个弯儿，然后突然爬上一段陡坡。坡道的中段儿有一辆汽车陷入了路旁的沟里，被积雪完全覆盖住了，在原地完全动弹不得。菜穗子隔着蒙着一层雾气的车窗看着它，突然想起那辆停在山里小车站的外面，被积雪埋住了大半边的破旧汽车。几乎同时，那在车站突然决意前来东京的心理状态，此时也突然浮现在脑海中，比之前的任何时候都要来得鲜明。

决意前来东京的那一刻，她的内心深处曾下定决心要将自己的身心完全托付出去。虽然当时的她并不知道自己应该托付给谁，但是她相信，如果不勇敢地踏出这一步，自己也将永远不会知道答案。她回过神来，心想也许那个人就是现在与自己肩并肩的圭介吧……但几乎同时，她又突然醒悟到，自己要找的那个人或许又并不是眼前的圭介，而是……另有其人。

在某处酷似领事馆模样的府邸面前，有一群外国孩子正聚集在一起，分成少男少女两个队伍，在雪地里打雪仗。菜穗子和圭介二人乘坐的出租车在旁边徐徐驶过时，不知是谁扔的雪球恰好砸到了圭介那侧的车窗玻璃上，在他侧脸的位置飞溅开来。圭介下意识地用手摸了一下脸，随后抬头用凶巴巴的眼神看向窗外。

然而，窗外的孩子们却仍然沉浸在打雪仗的欢乐之中，似乎对刚才发生的一幕小插曲毫无察觉。看着欢快的孩子们，圭介的嘴角竟突然微微上扬。他目不转睛地盯着车窗外的孩子们看，直到他们的身影渐渐远去。

“他这么喜欢孩子吗？”一旁的菜穗子对刚才圭介展现出来的态度顿生好感，第一次留意到丈夫的性情里竟还有这一面。

不一会儿，汽车拐了个弯儿，一眨眼便来到了一条种满树林的僻静冷清的小胡同。“就是这儿了。”圭介探着身子急切地对司机说道。

顺着小胡同的方向，菜穗子看到了一排小洋楼。几棵被积雪厚厚地覆盖了一层的棕榈树立在洋楼前，将旅馆和道路恰如其分地隔了开来。

二十四

“菜穗子，你究竟为什么会突然冒着大雪来这儿呢？”

圭介开口向菜穗子问道，话音刚落便忽然意识到，这已经是自己第二次向菜穗子询问相同的内容了。第一次询问的时候，菜穗子什么都没说，只是一直微笑着看着自己。圭介像是很担心菜穗子会再次沉默不答似的，又马上补充道：“是在疗养院发生了什么不愉快的事吗？”

他发现一旁的菜穗子似乎一副很犹豫为难的样子，但是并没有意识到菜穗子正在为无法再次说明原因而感到苦恼。“难道她的这份犹豫里面，有着令自己更为不安的原因吗？”他不禁愈发地担忧起来。但事到如今，即便是有多么令自己不安的结果降临到自己头上，也必须要好好问个清楚才行了。他带着一种势必追究到底的决心，直直地盯着菜穗子。

“以你的性格，一定是经过了深思熟虑的吧……”圭介再度追问着。

菜穗子一时之间不知该如何回答是好，只好低着头，朝旅馆北向的窗户往下看。那一带是浅浅的山谷，满满当当地塞着一排排高低错落的房屋。山谷之间的街道被白雪悉数掩埋着。在那雪白的山谷对面，有一个尖尖的教堂屋顶正如迷雾中的幻影一般，远远地矗立在白雪之间……

菜穗子彼时觉得，若是站在对方的角度，圭介要做的是，先将占据在自己内心的疑虑妥善地处理好，然后再去考虑“为什么突然回来”这件事……她知道，圭介的一贯作风就是这样，但是，她更希望已经在关系上开始有所好转的对方能够更加懂得自己的内心深处一些。她闭上双眼，再次思考那些自己认为丈夫本可以读懂的行为后面的真实原因。不过，这样的沉默，在性情急躁的对方看来，也只不过是一如既往的沉默不语吧……

“而且你真的不应该就那样莽撞地溜出来，你这样做，大家该怎么想啊……”圭介像是终于无可奈何地放弃了追问一般，转而埋怨道。

那一刻，菜穗子只觉得丈夫像是突然从自己的内心抽离出去了一般……

“被别人怎么说、怎么想……有那么重要吗？”她突然抓住圭介的话柄，反问道。同时，一股平日里对丈夫累积起来的愤怒也一并不由分说地涌了上来，令她根本来不及抑制。她带着半分的怒气，口不择言道：“就是因为下雪天太有趣了，我实在是一刻也无法在那个破地方待下去了，所以才会像是一个不听话的小孩儿一般，就想由着自己的性子做做自己想做的事儿而已。这难道不行吗？”菜穗子一股脑儿地说着，突然想到此前都筑明那般孤独的身影，竟情不自禁地流下了眼泪。“好，我知道了，我明天就回去。回去跟疗养所的人好好道歉。这总可以了吧……”

菜穗子眼里含着泪水，不假思索地脱口而出。起初她不过是想让丈夫感到为难罢了，但很快她突然意识到，刚才那些口无遮拦的话语，没准正是自己一直未曾认识到的这些行为后面的真正动机……

想到这里，说完那些话的菜穗子顿时觉得心情舒缓了很多。

随后，两个人便无言地看着窗外的雪景，短暂地沉默了一会儿。

“这事我会替你向母亲保密的。”过了一会儿圭介说道，“你也不要跟母亲提起。”说完，他便想起自己这段时间里愈发苍老的母亲，一方面庆幸还好不过是些无伤大雅的事情，一方面不禁担忧，这样下去自己注定将会成为一名差强人意的丈夫和儿子。

瞬间，他突然觉得菜穗子很可怜。

“如果你真的那么想回到我身边的话，那就另当别论了。”他看着妻子，犹豫着要不要说出口。不过，如果这种情况下对菜穗子说了这种挽回性的话语，那么，若再想让已经不太像病人的菜穗子重新回到疗养院似乎就有点说不通了。既然菜穗子已经答应自己，明天将会无条件回到疗养院，这无疑能让自己方才七上八下的心情放松不少。圭介权衡之后，决定既然事已至此，还是不要徒生事端好了。

但是在他内心的至深处，是多么地希望将此刻内心的这份悸动，这份能将彼此的心灵牢牢地交汇在一起的共鸣永恒地驻留在自己和妻子之间啊……

然而同时，他的脑子里清晰地涌现出母亲衰老的容颜。那老态龙钟的母亲，哪怕是躺在病床上也仍事无巨细地为自己操着心。他隐约觉得母亲那副日渐衰老的容颜，甚至连同母亲生病这件事，也是因为自己如今在这儿做着这样的事情造成的。这般懦弱的男人啊！竟由此陷入了深深的内疚。但他做梦也没有想到，他的母亲最近正悄悄地向菜穗子伸出了友好的双手。而他自己最近也好不容易渐渐摆脱了对菜穗子的内疚，再次回归到平静的母子生活中，享受那种懒散的生活中难能可贵的现世安稳。

默默在心里自我检讨一番之后的圭介最终得出一个结论：在一切得以顺利解决之前，菜穗子也只能再委屈忍耐一阵子了。

而此刻的菜穗子已经不再去想任何事情了，她只是呆呆地望着窗外纷飞的雪，远眺着在暮色苍茫的山谷对面若隐若现、似曾相识的教堂的尖塔。

圭介掏出手表看了一眼时间。

菜穗子见状回头对他说道：“你回去吧。明天也不用来了，我自己会回去。”

圭介握着手表，脑海里突然描绘出菜穗子明天早上将在这大雪中返程，又将继续在那被茫茫大雪围困的深山之中继续独自一个人生活的样子。那好不容易才淡忘掉的强烈的消毒水、疾病，以及对死亡的不安的气息，又一次毫无征兆地在内心复苏，重重地冲击着他的灵魂……

菜穗子一直深深地凝望着丈夫的脸，脸上不知不觉地浮现出一丝天真的微笑——说不定丈夫也已经在刚才的那一瞬间明白了自己的心意，会马上温柔地对自己说：“要不就留下来在这旅馆多住两三天吧。这样，咱们俩就像现在这样悄悄地待在一起，悄悄地，谁也不会知道……”

然而，丈夫却像是急欲拂去某种思绪一般，摇了摇头，什么也没说，徐徐地将手上的手表收好，放入口袋。像是以此来暗示菜穗子自己必须得回去了一样……

菜穗子站在昏暗的旅馆门前目送着圭介在茫茫大雪中渐行渐远。之后，便再度轻轻地将脸贴在冰冷的窗玻璃上，隔着几颗白晃晃宛如怪物一般的棕榈，远远地凝视着黄昏里的雪景。

雪似乎丝毫没有要停下来的迹象。

她的内心空荡荡的。脑子里不断闪现着那些或许跟自己息息相关，抑或是一无关联的片段——譬如，山中车站里悉数被白雪单侧掩埋着的物体，刚才那连自己都不知道凝视了多久的教堂的尖塔，以及一直在苦苦隐忍着什么的都筑明，和那群喧闹着打着雪仗的孩子们……

不知不觉中，身后大堂的灯终于亮了起来。灯光耀眼地打在玻璃上，使得外面的景色瞬间几乎完全暗了下来。她这才开始清晰地意识到，方才还能看见外面有两三个外国人身影的自己，这回终于不得不一个人独自在这家小旅馆中度过今晚了。

不过，她根本已经顾不上为这种事情感到寂寞或是悔恨了。她的内心突然萌生出一个念头。虽然今天的自己突然像是被什么东西召唤一般，不顾一切地做了一些冲动的事情。但是这个过程中，却意外地看见了那些像是安分地固守在某个地方所看不见的东西。那东西在某种意义上，似乎就像是人生的一个剖面，正暗暗地为自己的人生道路指引着方向……

她沉浸在这样的思绪里，一直将脸贴在冰冷的窗户上，百无聊赖地凝视着除了白茫茫的一片之外，什么也看不见的窗外。

渐渐地，她的心情不知不觉舒畅了许多。大厅里温润的空气正一点一点烘暖她的双颊。可是，温暖惬意之余，她不得不又联想起明天就必须回去的深山疗养院，以及那　儿深入骨髓的寒冷……

旅馆服务员前来通知晚餐已经准备好了。她沉默地点了点头，突然感觉腹中一顿饥饿，于是并没有回到房间，只是径直地朝着方才开始就一直发出餐盘撞击声的餐厅走去……

底本：

《昭和文学全集》（第6卷）小学馆

1988年（昭和63年）6月1日第一版.第1次印刷发行

底本手写稿：

《堀辰雄全集》（第二卷）筑摩书房

1977年（昭和52年）8月30日第一版.第1次印刷发行

初版：

《榆树之家》第一部，出自《女人的故事》山本书店

1934年（昭和9年）11月

《榆树之家》第二部，出自《文学界》

1941年（昭和16年）9月

《菜穗子》中央公论出版社

1941年（昭和16年）3月